KB118323

계절은
너에게
배웠어

윤 종 신
산 문 집

계절은
너에게
배웠어

문학동네

차
례

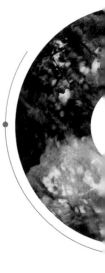

프롤로그

방송인 윤종신은 이야기를 듣는 사람입니다. 그날의 주인공으로 초대된 게스트의 이야기에 귀기울이고, 어떻게 하면 그들의 진심을 시청자에게 효과적으로 전달할 수 있을지 고민하는 조력자죠. 그래서 저는 가급적 방송에서는 제 이야기를 자제하려고 노력합니다. 한정된 시간 동안 조금이라도 더 그들의 이야기를 듣고 싶고, 들어야 하니까요.

반면에 가수 윤종신은 자기 이야기를 하는 사람입니다. 살아가면서 느끼는 것들, 떠오르는 것들, 생각하는 것들, 정리하고 싶은 것들을 모두 노래로 말하는 싱어송라이터죠. 1990년부터 시작된 저의 이야기는 29년째 지속되고 있습니다. 2010년부터는 한 달에 한 번씩 [월간 윤종신]이라는 이름으로 여러분에게 꾸준히 말을 걸고 있고요. 그러니까 저는 남들보다 들을 기회도 많고, 말할 기회도 많은, 아무리 생각해도 참 운이 좋은 사람인 겁니다.

이 책은 가수 윤종신, 보다 정확히 말하자면 작사가 윤종신의 이야기를 담고 있습니다. 그동안 제가 가사를 쓰면서 어떤 생각이었고 어떤 마음이었는지 조심스럽게 꺼내봤습니다. 저는 기본적으로 길게 늘이는 것보다 축약하는 걸 잘하고 좋아하는 사람이어서 가사를 쓸 때마다 항상 못다 한 이야기가 남곤 했는데, 이번 기회에 여러분과 그 뒷이야기를 돌아볼 수 있게 되어 다행이고 기쁩니다.

이 책에는 대중에게 널리 알려지고 사랑받은 곡에 대한 이야기도 있지만, 비교적 최근에 만들어진, 아직은 낯선 곡에 대한 이야기도 있습니다. 사실 저는 예전에 쓴 가사보다 최근에 쓴 가사가 더 마음에 드는데요, 과거에는 젊은 시절의 사랑과 이별에 대해 주로 이야기했다면 요즘에는 주로 삶에 대한 생각과 가치관에 대해 이야기하기 때문입니다. 최근에 제가 쓴 가사는 그동안의 경험과 시행착오가 자연스레 새겨진, 좀더 내밀하고 진실한 이야기라고 생각합니다.

사랑과 이별, 노래와 가사, 가족과 일상, 그리고 삶과 창
작에 대한 저의 솔직한 생각을 담아보고자 노력했습니다.
풋풋하고 설익은 과거의 제 모습부터 조금은 노련하고 능숙
해진 지금의 제 모습까지 총망라되어 있을 겁니다. 뮤지션
윤종신이 이렇게 성장해왔다는 걸 알아봐주셨으면 좋겠습
니다.

　　자, 그럼 시작합니다.

1부

우리 편하게
내일 이별해

니 생각에
하루가
다 갔어

사랑은 시작이 절반이라는 생각을 합니다. 사랑의 전체 과정을 곰곰이 되짚어보면, 살아 있는 듯한 강렬한 감정은 거의 시작 쪽에 몰려 있거든요. 상대방을 잘 모를 때, 상대방에게 호기심이 가득할 때, 상대방에 대해 자꾸 상상하게 될 때만큼 감정이 크게 부푸는 일도 없죠. 저 사람은 어떤 사람인지, 뭘 좋아하고 뭘 싫어하는지, 왜 이렇게 예쁘고 멋진 건지, 어떻게 내 마음을 흔들어놓는 건지 궁금한 게 참 많습니다. 상대방에 대한 생각을 도저히 멈출 수가 없는 건 물론이고, 그 생각으로 밤을 새워도 전혀 피곤하지 않죠.

하지만 영원히 지속될 것만 같던 그 생생한 감정은 시간이 흐를수록 점점 흐릿해져갑니다. 언제까지나 펄펄 끓어 넘칠 것만 같던 그 열기와 열정 또한 조금씩 식어가고요.

사랑이라는 감정의 세기 변화를 그래프 곡선으로 표현한다면, 아마도 처음에 폭발적으로 상승해 정점을 찍었다가 서서히 내려오는 모양이 아닐까 싶어요. 감정은 관계가 지속되는 동안 어떤 식으로든 흐르겠지만, 아무래도 처음이 너무 폭발적이었던 터라 그 이후는 상대적으로 시시하게 느껴질 수밖에 없겠죠. 어떤 순간도 처음의 그 살아 있는 듯한 느낌을 넘어서지는 못할 테니까요. 물론 사랑이라는 게 정의도 다르고 형태도 다르니 함부로 일반화할 수는 없지만, 제가 겪어보고 지켜보고 들어본 사랑은 대개 그랬던 것 같습니다.

감정의 세기가 하향 곡선에 접어든 다음부터는 또다른 형태의 사랑이 시작됩니다. 처음이 상대방에 대한 호기심으로 미친듯이 질주하는 사랑이었다면, 그다음부터는 상대방을 자세히 들여다보고 이해하면서 서행하는 사랑이죠. 저는 전자를 '사랑에 빠지는 단계', 후자를 '사람에 빠지는 단계'라고 생각하는데요, 사랑에 빠지는 것도 어려운 일이지만 사람에 빠지는 건 더더욱 어려운 일이어서 대부분의 관계가 이때부터 삐걱거리기 시작합니다. 그래서인지 혹자는 '사람에 빠지는 단계'부터가 진정한 사랑이라고 말하기도 하죠. 호르몬의 장난이 끝난 다음부터가 '진짜' 그 사람을 만날 수 있는 시간이라면서요.

글쎄요, 잘 모르겠습니다. 저는 처음의 그 호기심 가득했던 감정이, 그 들끓었던 감정이 '진정한 사랑'이 아니라고는 생각하지 않거든요. 그때의 우리가 '진짜'가 아니라고는 더욱 생각하지 않고요. 과연 '사랑에 빠지는 단계'에서 멈춰 버린 관계가 '사람에 빠지는 단계'로 진입한 관계에 비해 대단하지 않다거나 모자란다고 단정할 수 있을까요? 과연 오래 지속된 관계가 짧게 마무리된 관계에 비해 더 진실하다거나 진정하다고 자신할 수 있을까요?

제가 확신할 수 있는 건 사랑에 내포된 수만 가지 감정 중에서 처음의 두근거림만큼이나 강력하고 압도적인 감정은 없다는 겁니다. 다른 모든 감정을 집어삼키고 뒤흔들 수 있는 강렬한 감정, 우리가 살아 있다는 것을 일깨워주는 생생한 감정, 어쩌면 그게 사랑의 본질이 아닐까 싶은 감정, 다른 조건이나 여건이나 환경에 눈 돌리지 않고 감정 그 자체에 충실할 수 있는 감정은 설렘이 유일하니까요.

흔치 않기 때문에, 다른 무엇으로도 대신할 수 없기에, 너무나도 값지고 소중한 감정입니다.

니 생각

니 생각에 하루가 다 갔어
뭐 하나 되는 게 없어
도대체 내게 무슨 일 생긴 거니
너 너란 말이니

만지작거리는 전화기엔
귀찮은 친구 메시지만
도대체 내게 무슨 일 생긴 거니
다 너 때문이야

아 사랑하나봐 어쩌라구 나
빠져들면 한없이 한없이 끝없는데
내 가슴이여 준비되었니
그를 사랑하려 해

아 사랑하나봐 어쩌라구 나
빠져들면 한없이 한없이 끝없는데

내 가슴이여 준비되었니

그를 사랑하려 해

아플 수 있겠지 너 저멀리

딴 곳을 바라볼 수도 있겠지

그래도 난 널 바라보며 기다리겠어

이미 시작됐으니

니 생각에 하루가 다 갔어

니 생각에 라라라라라라

◉ [월간 윤종신] 2011년 9월호

이렇게
가만있으면
아직 애인이죠

2006년 크론병 때문에 병원에 입원한 적이 있어요. 병원 규모가 꽤 커서 안에 작은 공원까지 마련돼 있었는데, 회복하는 동안 틈틈이 그 공원을 산책하곤 했죠.

하루는 공원을 걷다가 잠시 쉬려고 벤치에 앉았어요. 그리고 반대편 벤치에 앉아 있는, 이십대 후반에서 삼십대 초반으로 보이는 어떤 커플에게 시선이 닿았죠. 처음엔 그냥 가만히 앉아 있나보다 하고 별생각 없이 눈을 돌렸어요. 그런데 시간이 점점 흐를수록 뭔가 느낌이 이상하더라고요.

두 사람은 내가 지금 정지된 화면을 바라보고 있는 게 아닐까 싶은 착각이 들 정도로 미동도 하지 않았어요. 너무 오랫동안 움직이지 않아서 마치 공원의 조각상을 보는 것 같았죠. 왜 공원마다 커플을 형상화한 조각상이 한두 개쯤은 있잖아요. '연인'이라는 제목을 달고 그 자리에서 그 자세로 영원히 꿈쩍도 하지 않을 것 같은 그런 조각상이요.

자세한 사연은 모르겠지만 두 사람은 헤어지는 중인 것 같았어요. 그러니까 여기서 누군가 먼저 움직이는 순간 이별이 시작되는 거였죠. 두 사람이 진짜 조각상이라면 그냥 '연인'이 아니라 '이별하는 연인'이라는 제목을 붙여주고 싶다는 생각을 했어요. 조각상은 억지로 철거하지 않는 한 계속 그 자리를 지킬 수밖에 없을 테니, 아이러니하게도 두 사람은 영원히 서로에게서 떨어질 수 없는 '이별하지 않는 연인'이 될 거예요.

〈고요〉는 아무 말 없이 공원의 조각상처럼 앉아 있던 그때 그 커플을 떠올리면서 쓴 가사예요. 실제 이별이라는 건 어쩌면 이런 장면에 가깝지 않을까 싶었어요. 영화 속 주인공들처럼 울고불고 소리치고 싸우는 극적인 이별이 아니라 이렇게 아무 일도 일어나지 않고 아무 말도 하지 않는 이별, 여기서 둘 중 하나가 일어서서 돌아서면 정말이지 모든 게 끝이라는 걸 알고 있는 이별이요.

이별을 지극히 현실적이면서도 최대한 아름답게 표현하고 싶었어요. 사실적인 이별이라고 해서 마냥 초라해 보이지 않았으면 좋겠다고 생각했고, 한껏 멋을 부리되 그게 마냥 허황되거나 허무하지 않았으면 좋겠다고 생각했습니다. 대사 한 줄 없어도 모든 걸 알 수 있는 절제된 영화처럼 혹은 배우의 동작 하나 표정 하나를 놓치지 않고 포착하는 섬세한 영화처럼요.

마지막 포옹을 할 때 옷이 스치는 소리와 서로에게서 한 걸음 물러설 때마다 달라지는 체온과 고요하면서도 흐느끼는 듯한 밤공기의 흐름까지 모두 담아서 이별을 아름답게 기록하고 싶었습니다. 언젠가 제가 공원에서 우연히 목격한 그때 그 연인처럼 그렇게 슬프고 아름다운 가사를 쓰고 싶었어요.

고요

물 넘기는 소리만 들려
아무 할말 없이 바라보기만 할게
다신 못 보잖아 이렇게 사랑스러운
너를 이제 다시 볼 수 없잖아

너를 안고 있는 소리만 들려
아무 할말 없이 느끼고 싶어
너의 온도 너의 촉감
머릿결과 너의 귀는
듣지 않고 만지고 싶어

자, 그대 일어나면 이별이 시작돼요
이렇게 가만있으면 아직 애인이죠
세상이 멈춘 듯 이렇게
굳은 채로만 공원의 조각들처럼
언제나 지금 이대로

자, 이제 고개 들어 이별을 시작해요
손끝에서 떨어지는 순간 외면할게
눈물은 안 돼 그 소리
들을 수 없어 그 모습 볼 자신 없어
이 고요 속에 이별해

떠나가는 소리만 들려
저 멀어지는 아직 사랑스러운 너
너 쪽에서 오는 고마운 바람
안녕이란 향기 전해주는 밤

자, 내가 일어나서 이별이 끝나가요
일부러 너의 반대로 한없이 걸을게
세상이 멈춘 듯 이렇게
굳은 채로만 공원의 조각들처럼
처량히 머무를 순 없는걸

나 아무 소리 없이 이별을 견뎌낼게
온몸이 떨리도록 그리워도 견딜게
후회는 안 돼 다시는

들을 수 없어 흐느낀 그 밤의 소리

이 고요 속에 이별해

◉ [월간 윤종신] 2014년 10월호

아무것도
바꾸지
않겠어요

이별의 슬픔을 맞이하는 우리의 자세란 각자의 생김새만큼이
나 다양합니다. 각각의 관계는 그 자체로 유일무이해서 관계
의 끝이 이끌어내는 감정 또한 절대 겹치지 않죠. 그 감정의
모양과 온도라는 게 얼핏 보기엔 비슷한 것 같아도 자세히 들
여다보면 제각각입니다. 가벼운 이별이 있는가 하면 무거운
이별도 있고, 처음엔 후련했으나 점점 미련을 갖게 되는 이별
이 있는가 하면, 내게 남은 감정이 미련인 줄 알았으나 사실
은 예의일 뿐이었다는 것을 깨닫게 되는 이별도 있죠.

1999년의 어느 날 제가 상상했던 이별은 미련 때문에 옴
짝달싹하지 못하는 이별입니다. 나를 떠난 당신이 반드시 돌

아올 거라고 믿는 어떤 사람의 이야기, 분명히 이별했으나 아직도 이별하지 못한 어떤 사람의 이야기이죠.

이 사람은 아무것도 바꾸지 않습니다. 당신이 돌아왔을 때 조금이라도 낯설거나 어색하지 않도록, 행여나 뭔가 달라져 당신의 마음을 불편하게 만드는 일 따위는 없도록 안간힘을 쓰죠. 아무것도 바꾸지 않아야 당신이 돌아올 것만 같아서, 모든 걸 제자리에 두어야 당신에게 내 마음이 전해질 것만 같아서, 당신이 떠났던 그날로부터 한 발짝도 움직이지 않습니다. 당신과 이별하던 바로 그 순간 속에서 여전히 당신을 기다리면서 멈춰 서 있는 거죠. 당신은 잠깐 여행을 떠났을 뿐이라고, 여행을 마치면 다시 집으로 돌아오듯이 내게 돌아올 거라고 그렇게 자신을 속이면서요.

그렇게 기다리다 지치면 당신에게 말을 걸기도 합니다. 나는 여기에 그대로 있으니까, 나는 우리가 헤어졌던 바로 그 자리에 돌처럼 서 있으니까, 나는 언제까지고 당신을 기다릴 수 있으니까, 내 마음은 물론이고 우리를 둘러싼 모든 게 변치 않았으니까 제발 좀 다시 돌아와달라고. 당신은 그냥 돌아와주기만 하면 된다고. 한 번도 떠난 적 없는 것처럼 다시 내 어깨에 기대어주기만 하면 된다고. 내가 바라는 것은 단지 그것뿐이라고.

물론 이 목소리는 당신에게는 결코 가닿지 않습니다. 내가 나에게 부르는 노래처럼 다시 돌아와 나를 위로할 뿐이죠. 조금만 더 기다리면 당신이 돌아올지도 모른다는 막연한 희망처럼, 우리가 행복했던 그때를 자꾸 떠올리다보면 당신에게 내 마음이 전해질지도 모른다는 아득한 바람처럼 나를 간신히 지탱해주는 거예요.

아니, 어쩌면 이 사람은 이미 모든 걸 알고 있을지도 모릅니다. 당신은 결코 돌아오지 않으리라는 걸, 그러므로 우리에게 재회 같은 건 없으리라는 걸요. 이 사람은 그 사실을 누구보다도 잘 알고 있기에 이별을 좀처럼 받아들이려 하지 않는 걸 거예요. 받아들이는 순간, 인정하는 순간, 당신을 진짜로 놓아주어야 할 테니까요.

어떤 사람은 아프고 괴롭고 그립고 힘든 마음을 이렇게 견디기도 합니다. 하루빨리 현실을 직시하고 상황을 극복하려는 대신, 하루라도 더 그 감정 속에 머물러 있기 위해 애를 쓰는 거죠. 이별의 슬픔 안에서 허우적거리는 게 당신으로부터 멀어지지 않는 유일한 방법이라고 생각하는 겁니다.

배웅

머나먼 길 떠나는 사람처럼
마치 배웅 나온 것처럼
다시 돌아올 것 같은 그대
사라질 때까지 보네

한 번만 더 안아보고 싶었지
내 가슴이 익숙한 그대
안녕이라 하지 않은 이유
그댄 알고 있나요

아무것도 바꾸지 않겠어요
모든 것을 지금 그대로
갑자기 그대 돌아온대도
전혀 낯설지 않도록

언제 어디라도 내겐 좋아요
혹시 나를 찾아준다면

내가 지쳐 변하지 않기를
내 자신에게 부탁해

이렇게 해야 견딜 수 있을 거야
영영 떠나갔다 믿으면
내가 포기해야 하는 남은 날들이
너무 막막해

아무것도 바꾸지 않겠어요
모든 것을 지금 그대로
갑자기 그대 돌아온대도
전혀 낯설지 않도록

언제 어디라도 내겐 좋아요
혹시 나를 찾아준다면
내가 지쳐 변하지 않기를
내 자신에게 부탁해

아무도 날 말리지 않을 거예요
잊지 못할 걸 알기에

그냥 기다리며 살아가도록

내내 꿈꾸듯 살도록

그대 혹시 다른 사람 만나면

내가 알 수 없게 해주길

그대 행복 빌어주는 나의

처량한 모습 두려워

● 7집 [後半] (1999)

우리 편하게
내일
이별해

저는 어렸을 때부터 아직 일어나지 않은 일에 대해 상상하길 좋아하는 아이였어요. 지금도 기억나는 일화가 하나 있는데, 제가 주사를 정말 무서워했거든요. 어느 정도였냐면, 그 당시에 초등학교 5학년이 되면 모두 불주사를 맞아야 한다는 소리를 듣고는 1학년 때부터 전전긍긍했어요. 저랑 네 살 차이 나는 사촌 누나가 주사를 맞고 고통스러워하는 모습을 보고는 완전히 겁에 질린 거죠. '4년 뒤 내가 저걸 맞아야 한다니!' 하면서요.

보통 어렸을 때는 빨리 고학년이 되기를 바라잖아요. 그런데 저는 나도 빨리 고학년이 됐으면 좋겠다는 생각을 하다가도 '아 맞다, 고학년이 되면 불주사를 맞아야 하지' 금세 깨닫고는 얼른 고개를 저었어요. 그 주사를 맞느니 유급을 하는 게 낫겠다는 생각까지 하면서요.

피할 수 없다는 걸 알게 된 다음부터는 별의별 상상을 다 했던 것 같아요. 주사 맞는 날 일부러 꾀병을 부려 결석하는 상상도 하고, 다른 병원에서 이미 주사를 맞았다고 거짓말하는 상상도 했죠. 아직 일어나지도 않은 일, 하지만 곧 닥칠 게 분명한 일에 대한 상상을 거듭하면서 마음의 준비를 했던 것 같아요. 너무 무섭고 두려우니까 제딴은 뭐라도 하려 했던 거죠. 지금 돌이켜보면 정말 우습고 바보 같지만, 그때는 얼마나 진지하고 심각했는지 몰라요.

살짝 비약인 것 같기는 하지만, 이러한 저의 성격이 여실히 드러나는 가사가 바로 〈내일 할 일〉이 아닐까 싶어요. 앞으로 벌어질 일을 예감하는 사람의 마음을, 미리 상상하는 것 말고는 달리 할 수 있는 게 없는 사람의 마음을 그리고 있으니까요.

〈내일 할 일〉의 주인공은 하루 앞으로 다가온 이별이 두려운데요, 왜냐하면 이별로 인해 자신이 완전히 무너져내리리라는 것을 알고 있기 때문이죠. 이 사람은 어떻게 하면 자신을 지탱할 수 있을지를 고민하다 결국 이별 직후의 스케줄을 마련합니다. 평소에 보고 싶었던 영화도 보고 못 만났던 친구도 만나서 일상을 유지하려는 거죠. 일부러 뭐라도 해서 평정심을 유지하고 싶은 거예요.

물론 이 사람의 '준비'란 일종의 자기기만에 지나지 않습니다. 나는 이별한 뒤에도 괜찮을 거라는 안간힘이자, 나는 사랑이 끝나도 별문제 없을 거라는 최면에 불과하죠. 안타깝게도 이 사람은 괜찮지 않을 겁니다. 쉽게 괜찮아질 수 있는 이별이라면 이렇게 미리 상상을 하고 준비를 하지는 않았겠죠. 흘러넘치는 슬픔을 애써 꾹꾹 눌러 담지도 않았을 것이고, 굳이 평소와 다를 바 없는 하루를 계획하지도 않았을 겁니다.

세상에는 아무런 준비도 필요치 않은 이별이 있는가 하면, 이렇게 몇 날 며칠을 꼬박 준비해도 모자란 이별도 있습니다. 결코 편하게 이별할 수 없다는 걸 알기에 '우리 편하게 이별하자'는 말을 하는 거겠죠.

이 사람의 디데이는 어땠을까요? 이 사람은 실제로 어떤 이별을 했을까요?

내일 할 일

이른아침 일어나야 해
내일 우리들의 이별하는 날
평소보다 훨씬 좋은 모습으로
널 만나야겠어
조금도 고민 없던 것처럼
태연한 표정이
아무래도 서로 잊기 좋겠지

이별 직후 검색해보면
혼자 볼만한 영화들이 뜨네
가슴 먹먹해지는 것부터
눈물 쏙 빼는 것까지
내일은 빠듯한 하루가 되겠어
우리 만나 널 보내랴 무덤덤한 척하랴

안녕 오랜 나의 사람아
하루종일 이별 준비야

너 떠난 뒤가 막연했기에
아무리 떠올려봐도
그려지지 않는 너의 이별 표정도
이 밤 지나면 보게 되겠지

안녕 오랜 나의 사람아
내일 슬프지 않기로 해
마지막은 기억에 남기에
눈물은 미련이란 것쯤
서로의 가슴은 알기에
우리 편하게 내일 이별해

내일은 괜찮아도
바로 다가오는 다음날부턴
단 하나의 준비조차 없는데
그날부터 난 뭘 해야 하는 건지

안녕 오랜 나의 사람아
하루종일 이별 준비야
너 떠난 뒤가 막연했기에

아무리 떠올려봐도
그려지지 않는 너의 이별 표정도
이 밤 지나면 보게 되겠지

안녕 오랜 나의 사람아
내일 슬프지 않기로 해
마지막은 기억에 남기에
눈물은 미련이란 것쯤
서로의 가슴은 알기에
우리 편하게 내일 이별해
우리 편하게 내일 이별해

이제 그만 잠을 자려 해
아마 나는 잘할 수 있을 거야
수많았던 우리 만남들 중에서
그 마지막을

◉ 11집 [동네 한 바퀴] (2008)

35

한 잔의
위로면
과분한 사람

단언컨대 내 이별은 나만 힘듭니다. 세상에 내 이별만큼이나
나 혼자 힘든 일도 없죠. 내가 아무리 세상이 떠나가라 슬퍼
해도, 세상은 내 이별 따위에는 별 관심이 없습니다. 나는 이
별한 내가 불쌍해 죽을 것 같은데, 이렇게 계속 슬퍼하다간
심장이 터져버릴 것 같아서 걱정돼 죽겠는데, 남들은 그게
무슨 대수냐는 듯이 꿈쩍도 하지 않죠. 나를 불쌍해하기는커
녕 그까짓 이별이 뭐라고 그렇게 유난을 떠느냐면서 오히려
한심하게 쳐다봅니다.

어찌 보면 당연한 일이에요. 내 슬픔의 강도와 정도와 깊
이를 제대로 이해할 수 있는 사람은 오로지 나뿐이니까요.

사실 내 이별이라고 해서 그리 대단할 것도 특별할 것도 없다는 것을, 우리는 모두 알고 있습니다. 내 이별은 나에게나 억장이 무너지는 일이지 남에게는 아무런 감흥도 불러일으키지 못하는 일이라는 것 또한 알고 있고요. 하지만 안다고 해서 괜찮을 수 있는 건 아니어서 우리는 자신의 이별 앞에서는 어김없이 무너져내립니다.

이럴 때 내가 할 수 있는 일이란 그리 많지 않습니다. 나보다 더 내 이별을 슬퍼해주는 것 같은 이별 노래를 끊임없이 반복해 듣거나, 나와 그 사람의 관계를 아는 친구들을 불러 모아 진탕 술을 마시는 거죠. 어쩌면 이 친구들에게는 내 슬픔이 마냥 한심해 보이지 않을 거라고 기대하면서, 이 친구들이라면 내 슬픔을 이해하고 공감해줄 수 있을 거라고 확신하면서, 내가 지금 얼마나 괴롭고 슬픈지 한번 들어보라고 토로하는 겁니다. 그렇게 위로받고 위안받으면 이 고통에서 벗어날 수 있기라도 한 것처럼요.

그리고 보면 우리는 이별 때문에 만취한 친구에게는 유독 관대합니다. 이렇게까지 취해서는 안 되는 건데, 이렇게까지 추태를 부리는 건 예의가 아닌 건데, 하는 친구를 앞에 두고 우리는 그가 토하면 등 두드려주고, 주저앉으면 일으켜 세워주고, 드러누우면 업어주면서까지 돕는 걸 당연하게 여기죠. 왜냐하면 이 술자리는 이별한 사람이, 이별해서 슬픈 사람이, 슬퍼서 취한 사람이 무조건 이해받기 위해 마련된 거니까요. 우리는 서로 약속이라도 한 것처럼 이날만큼은 이별한 사람에게 한없이 너그러워져야 한다는 걸 알고 있으니까요. 언젠가는 나 역시 주인공이 되어 엉망진창으로 무너지는 날이 올 테고, 그때는 친구들의 도움이 절실할 테니까요.

이런 우리들, 참 못나고 못났습니다.

못나고 못난

다 모여 한잔하는 밤
그때 얘기하며 왜 그리 아팠는지
참 괜찮은 사람이었어
행복을 바라는 내 모습이

그게 뭐냐고 실패한 사랑
잔에 채운 채 나를 꾸미면
또하나의 밤이 가

혹시라도 너에게 들리기를 바란 듯
사랑했다고 보고 싶다고
만취 탓으로 돌리는
못난 사람

그 추억 속의 멜로디
취하면 부르지 두 눈 꼭 감은 채
아직도 잘 부르진 못해

니가 떠올라서 그때처럼

그게 뭐냐고 실패한 사랑
잔에 채운 채 나를 꾸미면
또하나의 밤이 가

혹시라도 너에게 들리기를 바란 듯
사랑했다고 보고 싶다고
만취 탓으로 돌리는
못난 사람

담담히 너를 잊어야 하는데
그게 정말 멋진 건데 그래야

너의 옛사랑 거짓 체념에
거짓 건배야 너는 알았니
이렇게 머저리인 줄

잘 버렸어 잊잔 약속 하나 못 지키는
못나고 못난 이런 내 가슴

가득 한 잔의 위로면

과분한 사람

◉ [월간 윤종신] 2011년 10월호

더이상
우리 방은
없어

어느 날 친한 후배가 이별 상담을 요청해왔습니다. 오래 만난 여자친구와 헤어질지 말지 고민중이라면서 제가 어떻게 하면 좋을까요, 하고 묻더군요.

애기를 들어보니 오래된 커플이 겪는 전형적인 마지막을 통과중인 것 같았어요. 서로의 무관심에 서운해하고, 별것도 아닌 일로 티격태격하고, 일부러 상처가 되는 말을 주고받는 거죠. 다투는 횟수가 많아지다보니 서로에게 굳이 하지 않아도 될 잘못까지 하게 되는 것 같다면서 괴로워하더라고요.

문제는 이 친구에게 아직 상대방에 대한 좋은 감정이 남아 있다는 거였어요. 상대방이 미치도록 밉거나 싫으면 고민할 것도 없이 돌아서면 될 텐데, 그게 아니었던 거죠. 아직 좋아하니까, 좋은 사람이라는 걸 아니까 손을 잡지도 놓지도 못하는 거였어요. 이쪽으로도 저쪽으로도 가지 못하는 애매한 상황에 갇혀버린 거였죠.

많은 시간과 노력을 들인 관계인 만큼 이대로 끝내고 싶지 않았을 거예요. 어떻게든 이 고비만 넘기면 다시 좋았던 시절로 돌아갈 수 있을 거라 믿었을 거고요. 그 모든 바람이 헛되다는 걸 알면서도 시간을 끌지 않을 수가 없었겠죠. 결국 먼저 이별을 통보한 건 여자친구였다고 하더라고요.

후배가 여자친구에게서 받은 '이별톡'을 보여줬어요. 한눈에 들어오지도 않는, 한참 스크롤을 내려야 하는 장문의 메시지였죠. 그런데 쭉 읽어보니…… 이 커플은 헤어지는 게 맞겠다는 생각이 들더라고요. 다 끝났다는 걸 이미 서로가 너무나도 잘 알고 있는데, 지난 추억이 아까워서 좀처럼 헤어지지 못하는 거더라고요. 그러다 여자분이 더는 안 되겠다 싶었는지 먼저 가까스로 결단을 내린 것이었고요.

저는 조심스럽게 너희는 다 된 것 같다고, 그러니 헤어지는 게 좋을 것 같다고 말했어요. 왜냐하면 이 친구가 저한테 그 메시지를 보여준 것 자체가 저한테 그 말을 듣고 싶었기 때문이라는 생각이 들었거든요. 누군가 자기 마음을 입 밖으로 소리내어 말해주기를 바랐던 거죠. 그러니까 답은 이미

자기 안에 있었던 거예요.

〈이별톡〉은 이 에피소드의 다음을 상상하면서 만든 노래예요. 여자친구로부터 '이별톡'을 받은 한 남자의 반응과 생각, 그리고 선택을 그렸죠. 남자는 어떻게 답을 해야 할지 고심해요. 한때 나의 전부였던 사람에게, 모든 걸 쏟아부어도 아깝지 않았던 사람에게 어울릴 마지막 인사란 과연 무엇일지 생각하고 또 생각하죠. 무슨 말을 하더라도 충분하지 않은 것 같아서, 어떤 문장을 쓰더라도 적당하지 않은 것 같아서 자꾸 문자를 썼다 지웠다 해요.

그러다 결심합니다. 그냥 답장하지 않기로요. 왜냐하면 상대방의 메시지보다 더 나은 마무리는 없겠다는 확신이 들었거든요. 그 메시지 안에는 오랜 고민이 묻어 있고, 확고한 결심과 의지가 배어 있으며, 고생했고 수고했다는 인사가 담겨 있어요. 굳이 거기에 다시 답장을 하고 약속 시간을 정하고 마주보고 앉아서 이별 세리모니를 펼치는 건…… 그녀도 나도 원치 않는 불필요한 사족인 거죠. 이제는 진짜 끝을 내야 하는 거예요.

저는 이렇게 문자로 헤어지는 게 꼭 나쁘다고만은 생각하지 않아요. 흔히들 문자로 헤어지는 건 서로에 대한 예의가 아니라고 얘기하잖아요. 잘못된 이별 방법의 예시로 꼭 등장하는 게 '이별톡'이고요. 마지막인데 그래도 얼굴은 봐

야 한다는, 그게 사랑을 마무리하는 최선의 방법이라는 고정
관념이 있죠.

　저는 꼭 그렇게 규정할 필요는 없다고 봐요. 사랑의 모양
이 제각각인데 어떻게 이별의 방법이 같을 수가 있겠어요.
그건 관계에 따라 다른 거죠. 어떤 이별은 얼굴을 마주봐야
만 가능하지만, 어떤 이별은 얼굴을 아예 안 보는 게 더 나을
수도 있거든요. 어떤 방법이 최선일지는 오직 두 사람만이
알겠죠.

이별톡

너무 평범했어 그 알림

안부톡인 줄만

길고 긴 문장들과 점들이

왠지 심상치 않았어

고민고민 정리된 문장

그냥 즉흥적인 홧김은 아냐

오래오래 쌓인 너의 맘 한 줄 한 줄

내가 할 말을 다 아는 듯

완벽한 이별 이유를 정독한 뒤

너의 단호한 이별 의지를

받아들이기로 했어

고마웠단 사랑했단 말도

우리 행복했단 미안했단 흔한 말도

다 구차한 좋은 사람 되기 몇 글자

답장은 하지 않을게

나가기를 누르려고 해

우리 오래된 방

수많은 약속들과 추억이

단 한 번 터치에 사라져

진짜 방을 나가겠냐고

아니오 예 단 두 개 되물음

머뭇머뭇 주춤 보다가 결국 결국

사랑에 탓이 어딨겠어

우리도 때가 된 것뿐 아니겠어

너의 단호한 이별 의지를

받아들이기로 했어

고마웠단 사랑했단 말도

우리 행복했단 미안했단 흔한 말도

다 구차한 좋은 사람 되기 몇 글자

답장은 하지 않을게

너의 톡은 완벽한 이별

더이상 우리 방은 없어

◉ [월간 윤종신] 2018년 3월호

이제 와 지금이
널 가장 사랑하는
순간일지라도

여기, 이별을 간절히 바라는 남자가 있습니다. 남자는 자신의 오래된 연인에게 더는 마음이 없는데요, 설렘과 호기심은 이미 사라져버린 지 오래고, 이제는 아무런 매력도 흥미도 재미도 느끼지 못하죠. 물론 오래 만난 만큼 편하고 익숙하고 안정적이긴 합니다만, 그놈의 정 때문에 이 권태로운 관계를 유지한다는 건 왠지 모르게 잘못된 것만 같습니다. 상대방에 대한 예의가 아닐뿐더러 모두의 삶을 낭비하는 것만 같거든요.

결국 남자는 이별을 선택합니다. 상대방에게 먼저 이별을 고하고 지리멸렬한 관계에 종지부를 찍죠. 그렇게 맞이한 이별은 기대 이상으로 만족스럽습니다. 이보다 더 홀가분할 수는 없을 거라는 생각이 들 정도로 속이 후련하거든요. 남자는 이별하고도 가뿐하고 무탈한 자신의 일상을 확인하면서 역시나 이 관계는 진작 정리했어야 했다고, 그러므로 자신은 옳은 선택을 한 거라고 확신합니다.

그러던 어느 날, 문득 남자에게 그녀에 대한 그리움이 밀려듭니다. 한밤중에 잠을 청하며 누워 있는데 갑자기 그녀가 떠오르는 거죠. 남자는 그녀가 보고 싶고, 그녀와 입맞추고 싶고, 그녀를 안고 싶습니다. 사랑을 나누던 우리의 모습이 좀처럼 머릿속에서 떠나질 않아서, 지금 이 순간이 바로 그녀를 가장 사랑하는 순간인 것만 같습니다.

어쩌면 남자의 그리움이란 말초적인 것인지도 모릅니다. 그러니까 적나라하게 말해서 성욕일 수도 있는 거죠. 헤어질 때만 해도 그녀의 몸은 너무나 익숙하고 편해서 조금도 설레지 않았는데, 이제는 시간이 좀 흘렀다는 이유로, 남이 되었다는 이유로 갑자기 궁금하고 그립습니다. 만약 지금이 한밤이 아닌 한낮이었더라도 남자는 그녀를 떠올렸을까요? 그녀를 그리워했을까요?

남자는 미친 척 그녀에게 전화를 걸어볼까 고심합니다. 어쩌면 그녀도 나를 그리워할지도 모른다는, 혹시나 우리가 같은 마음일지도 모른다는 망상을 품고요. 물론 거절당하면

창피하고 수치스럽겠지만, 여기서 더 잃을 건 없지 않나 싶은 생각에 순간적으로 겁이 없어지는 거죠.

하지만 남자는 이내 정신을 차리고 전화기를 내려놓습니다. 다행히 통화 버튼을 누르지 않고서는 못 배길 만큼 바닥은 아니니까요. 남자는 그 대신 그냥 혼자서 적당히 외로움을 달래기로 합니다. 한때 자신이 그토록 밀어내고 싶었고 벗어나고 싶었던 그녀를 상상하면서요. 그리고 머지않아 깨닫습니다. 한껏 부풀어올랐던 그녀에 대한 애틋한 그리움은 이미 온데간데없이 사라져버렸다는 것을, 해소된 욕망과 함께 어디론가 허무하게 증발해버렸다는 것을요.

○
나쁜
○

그 홀가분했던 몇 달이 다야
최선이라 믿었던 이별
그 효과는 상처만 깊어진
그럴듯한 싸구려 진통제
못되게 굴었던 내 싫증에
이미 짐이 돼버린 널 향했던
구차하고 비겁한
나의 이별 만들어가기

절대 용서하지 마
때늦은 후회로 널 찾아도
무릎 꿇어도
사랑했단 이유로
니 마음 돌리려 해도
아플 때면 이미 늦은 거라던
그 어떤 병처럼 다 받아들일게
이제 와 지금이 널 가장

사랑하는 순간일지라도

결국 언젠간 잊을 거라도
결국 현명한 어른이 돼도 내겐
아팠던 지금 이 순간들은
눈가 주름 속 이끼처럼 남아
무뎌져 웃는 어른이 싫어
무뎌져 흐뭇한 추억 싫어
대가를 치를게 진심의 너를
귀찮아했던 나의 최후를

절대로 날 용서하지 마
때늦은 후회로 널 찾아도
무릎 꿇어도
사랑했단 이유로
니 마음 돌리려 해도
아플 때면 이미 늦은 거라던
그 어떤 병처럼 다 받아들일게
이제 와 지금이 널 가장
사랑하는 순간일지라도

미안해

◉ [월간 윤종신] 2012년 10월호

난 언제나
바라봤기에

저는 종로구 청운동에 있는 청운공원을 좋아하는데요, 반짝반짝 빛나는 강북의 야경을 한눈에 넣을 수 있어서 시간이 날 때마다 찾는 곳입니다. 도심을 차분히 내려다보고 있노라면 가슴이 뻥 뚫리는 것 같은 시원한 기분을 느낄 수 있죠.

어느 날 밤 홀로 청운공원에 올라 야경을 감상하다가 문득 내가 살고 있는 이 도시가 정말 크고 넓다는 생각을 했어요. 방금 전까지만 해도 비좁고 답답하게만 느껴졌던 도시가, 그래서 나를 이 높은 곳으로 밀어올렸던 도시가 실제로는 그렇지 않다는 것을 실감하게 된 거죠.

이건 아마도 높은 곳에서 아래를 내려다볼 때면 으레 하게 되는 뻔한 생각일 거예요. 내가 실제로는 얼마나 작은 존재에 불과한지를, 내가 그동안 얼마나 보잘것없는 것에 집착하고 있었는지를, 내가 요사이 얼마나 별것 아닌 것에 얽매여 있었는지를 새삼스레 돌아보는 것이죠. 그리고 깨닫는 거예요. 나는 나 자신으로부터 한 걸음 뒤로 물러설 필요가 있다는 것을, 어떻게든 벗어나봐야 비로소 넓은 시야를 가져볼 수 있다는 것을, 지금처럼 그 자리에 계속 머물러 있다가는 결코 전체를 조망할 수 없다는 것을요.

〈야경〉은 〈이별택시〉의 화자를 다시 주인공으로 소환해 만든 곡입니다. 이별의 슬픔에 취해 택시 안에서 눈물짓던 그 사람의 다음을 그렸죠. 바로 다음은 아니고 시간이 꽤 흐른 뒤, 그러니까 그 사람이 한층 성숙해져서 그때 그 관계를 보다 객관적으로 바라볼 수 있게 된 어느 날을 담았어요.

주인공은 지금 서울 시내가 훤히 내려다보이는 높은 공원에 올라왔는데요. 도시의 야경을, 수많은 불빛을 마주하면서 잠시나마 제 인생을 관조합니다. 그리고 실로 오랜만에 한때 자신의 전부였던 그 사람을, 그때의 우리를 돌아보는 거죠. 세상이 이렇게나 넓다면 너와 내가 만났다는 사실 하나만으로도 우리는 소중한 인연이 아닐까. 너와 내가 서로에 대한 기억을 공유하고 있다는 사실 하나만으로도 우리는 값진 인연이 아닐까. 비록 한때는 서로를 죽일 것처럼 미워하고 원망했지만 그 감정이야말로 우리를 대체 불가능한 인연으로 만든 게 아닐까. 이 크나큰 세상에서 너와 내가 만나 사랑했다는 것은, 우리가 잠시나마 우리였다는 것은 그저 감사한 일이 아닐까.

저는 우리가 일부러 시간을 내서라도 가끔 높은 곳에 올라갔으면 좋겠어요. 그리고 세상이 넓다는 것을, 내가 작다는 것을, 그래서 우리는 소중하다는 것을 체감하고 실감했으면 좋겠어요. 우리의 일상이라는 건 그렇게 당연한 것을, 당연해서 뻔해 보이기까지 한 것을 충분히 잊게 할 만큼 정신이 없으니까요.

야경

다 올라왔어 한눈에 들어온

나의 도시가 아름답구나

방금 전까지 날 괴롭히던

그 미로 같던 두통 같던 그곳이

이토록 아름답다니

저기 어디쯤인가

아직 거기 살고 있니

모두들 안녕히 잘 계신지

이렇게 넓은 세상에

우리 만난 건

그것만으로도 소중해

여기서 보니 내가 겪은 일

아주 조그만 일일 뿐이야

수많은 불빛 그 속에 모두

사랑하고 미워하고 실망하고

그중에 내 것도 하나

저기 어디쯤인가

우리 이별했던 곳

유난히 택시 안 잡히던 날

택시 뒤창으로 본

네 마지막 모습

멀어질 때까지 바라본

모두 변했겠지

내가 변한 것만큼

그래도 간직하고 있어

너의 그 미소가

나를 향할 때 느꼈던

그 포근했던 그 머물 것 같았던

여기 어디쯤인가

우리 자주 만난 곳

많은 약속이 오고갔던 곳

마치 너의 목소리가 바람에 실려

왜 잊지 못하냐고 묻네

우리 언제쯤인가

마주칠 수 있겠지

저 불빛 속을 거닐다보면

먼저 알아본 사람 나였으면 해

난 언제나 바라봤기에

언제나

◉ 11집 [동네 한 바퀴] (2008)

문득
기상이변처럼
니가 내리면

우리는 나이를 먹을수록 점점 쿨해지려고 노력합니다. 매사에 드라이해지려고 애쓰죠. 왜냐하면 그게 편하고 안정적이고 효율적이니까요. 어른이 되고 사람을 만나고 몇 번의 사랑을 경험하다보면 알게 됩니다. 사랑이라는 게 참 덧없다는 걸, 사랑 때문에 질척이는 것만큼이나 어리석은 짓은 없다는 걸, 사랑은 인생에 별 도움이 안 될뿐더러 오히려 적지 않은 손해를 끼치기도 한다는 걸요.

　하지만 안타깝게도 사람의 감정은 뜻대로 되는 게 아닙니다. 특히 사랑은, 사랑에서 비롯된 설렘과 그리움, 외로움과 후회 같은 감정은 피할 수도 없고 숨길 수도 없고 없앨 수도 없죠. 오랜 시간 수많은 사랑을 경험해본 능숙한 사람도, 아직은 혼자만의 사랑이 익숙한 사람도, 이 감정 앞에선 누구나 어김없이 영락없이 무너지기 마련입니다. 이 감정 앞에서는 쿨한 척 노력하는 것도 드라이한 척 애쓰는 것도 소용없어요. 우리는 언제나 아마추어가 되는 겁니다.

〈아마추어〉는 9월의 어느 날 느껴지는 계절감에 대해 생각하다 만들기 시작했습니다. 어느덧 찌는 듯한 더위가 끝나고 선선한 바람이 불어오자 문득 계절의 생성 원리가 궁금해졌고, 그러다 자연스럽게 지구의 자전과 공전을 떠올렸어요. 그리고 사랑이라는 감정과의 공통점에 대해 생각하게 됐습니다. 끝없이 반복된다는 것, 속절없이 지나갔다가 어김없이 다시 찾아온다는 것, 끝난 것 같지만 결코 끝난 게 아니라는 것.

어쩌면 사랑은 지구의 자전과 공전처럼 우리가 모르는 어떤 자연법칙에 의해 작동하는 게 아닐까요? 아주 높은 곳에서 내려다보면, 우리는 사랑이 움직이는 원리나 법칙을 읽을 수 있지 않을까요? 아주 가까이에서 들여다보면, 우리는 우리를 사랑의 열병으로 이끄는 어떤 감정의 주기를 확인할 수 있지 않을까요? 그런 게 아니라면 사랑을 어떻게 설명할 수 있을까요? 자꾸만 사랑에 빠지는 우리를, 언제까지고 사랑을 반복할 것만 같은 우리를 어떻게 이해할 수 있을까요?

우리는 사랑에서 파생된 어떤 감정들을 반드시 겪어내도록 설계된 게 아닐까 싶은 생각을 합니다. 사람마다 순서나 방식의 차이는 있겠지만 결국에는 그 모든 감정을 피해갈 수 없는 게 아닐까 싶어요. 그러니 쿨해졌다가도 뜨거워지고 다시 뜨거워졌다가도 쿨해지는, 사랑에 대해 누구보다 잘 안다고 자신하다가도 사랑에 대해 아무것도 모르는 것처럼 고민하고 집착하고 버벅거리는 아마추어가 되는 거겠죠.

예측할 수 없는 기상이변에 속수무책으로 당할 수밖에 없는 것처럼, 우리는 분명히 괜찮았다가도 갑자기 괜찮지 않아집니다. 사랑은 우리를 그렇게 만들어요.

○

아마추어

○

그 여름 덥지 않았어
찌는 더위보다 힘든 게 너무 많았었어
새 학기 변한 친구들 모습에
적응하기 바쁜 걸 기다렸어
어쨌든 난 가야 하니까
잘살라고 했으니까
그 부탁쯤은 들어줘야지
널 사랑했단 게 계절의 색 바뀜 속에
풋 하고 가볍게 바뀌길 바랬지

결국 그랬어
오 미친 태양이 날 죽일 듯 쪄도
늘 도는 지구는 고갤 돌려
언제 그랬냐는 듯
다음 계절을 즐기곤 했었지 Refresh
올해 가을도 설렘 가득 밖을 나서
오, 아마추어처럼 널 포기하지 마

잘살라고 했으니까
그 부탁쯤은 들어줘야지
널 사랑했단 게 계절의 색 바뀜 속에
풋 하고 가볍게 바뀌길 바랬지

결국 그랬어
오, 미친 태양이 날 죽일 듯 쪄도
늘 도는 지구는 고갤 돌려
언제 그랬냐는 듯
다음 계절을 즐기곤 했었지 Refresh
올해 가을도 설렘 가득 밖을 나서
오, 아마추어처럼 널 포기하지 마

하지만 가끔
오, 문득 기상이변처럼 니가 내리면
잘살던 나는 너를 맞을 수밖에
언제 그랬냐는 듯
뜨거운 너란 열병이 지나가지 Regret
그해 여름이 득달같이 달려들면
오, 아마추어처럼 보고 싶어져

오, 아마추어처럼 보고 싶어져

오, 아마추어처럼 보고 싶어져

◉ [월간 윤종신] 2017년 9월호

2부

수고했어 사랑
고생했지
나의 사랑

널 그리는
널 부르는
내 하루는

저는 좋은 가사란 구체적이면서도 구체적이지 않은 가사라고 생각합니다. 이게 무슨 뚱딴지같은 소리냐고요? 좋은 가사란 노래를 듣는 이가 머릿속에 그림을 그려나갈 수 있도록 충분히 구체적이되, 사람마다 각기 다른 그림을 상상할 수 있도록 적당히 여백이 있어야 한다는 말입니다.

　무엇이 좋은 작품인지에 대한 생각은 저마다 다르겠지만, 저는 영화든 문학이든 음악이든 미술이든 상상력을 자극하는 작품을 지지하고 좋아합니다. 가사에 대한 취향 역시 다르지 않죠. 노래를 듣는 이가 자기만의 그림을 그릴 수 있고 자기만의 상상을 더할 수 있는 가사를 좋아해요. 타인의 이야기로 그치는 게 아니라 내 이야기로 확장될 수 있는 가사. 하나의 이야기로 끝나는 게 아니라 또다른 이야기로 이어질 수 있는 가사. 보는 사람에 따라 상황과 감정에 대한 해석이 분분한 가사. 저는 가급적 그런 가사를 쓰고 싶고, 그런 가사를 쓰기 위해 노력합니다.

〈거리에서〉는 제가 쓴 가사 중에서도 특히 구체적이면서도 구체적이지 않은 가사입니다. 누구나 자신만의 사연이 담긴 길을 하나쯤 가지고 있는 법이고, 〈거리에서〉는 듣는 이로 하여금 자연스레 그 길을 떠올리게 하니까요. 누군가는 신촌의 골목길을, 누군가는 압구정동의 대로변을, 누군가는 을지로의 지하도를 떠올릴 거예요. 공간만 떠올리는 게 아니라 그 길에 얽힌 시간과 감정과 사람도 함께 떠올리겠죠.

저는 작사가란 사람들에게 '상상 휴게실'을 만들어주는 사람이라고 정의하고 싶습니다. 사람들이 상상할 수 있도록 도와주는, 상상에 필요한 실마리를 제공해주는 가이드랄까요. 사람들에게 '노래'라는 상상의 공간을 제공해주고, 그 안에서 다양한 감정을 가늠해보고 경험해보고 즐겨보도록 돕는 거죠.

애기가 조금 새는 것 같기도 합니다만, 저는 그러한 이유로 뮤직비디오가 없던 시절이 그립습니다. 뮤직비디오가 등장하기 전까지만 해도 우리는 음악을 들으면서 이런저런 상상을 할 수 있었던 것 같은데, 이제는 그게 어려워졌으니까요. 같은 노래를 듣더라도 내가 그리는 그림과 남이 그리는 그림이 달라서 한 곡 한 곡이 각별해질 수 있는 시대는 끝나버렸죠. 특히나 배우가 나오는 드라마 타입의 뮤직비디오가 일반화되면서 내 멋대로 마음 가는 대로 상상하는 것조차 쉽지 않아졌습니다.

우리의 상상력을 자극하는 음악이 많아지면 좋겠습니다. 그런 음악은 상대적으로 쉽지 않고 친절하지도 않아서 대중의 관심과 이목을 끌지 못할 가능성이 크지만, 분명히 누군가에게는 특별하게 기억될 겁니다. 누군가의 마음속에 깊이 박히고 오래도록 머물 거예요. 나만의 음악이 될 겁니다.

거리에서

니가 없는 거리에는

내가 할 일이 없어서

마냥 걷다 걷다보면

추억을 가끔 마주치지

떠오르는 너의 모습

내 살아나는

그리움 한 번에

참 잊기 힘든 사람이란 걸

또 한번 느껴지는 하루

어디쯤에 머무는지

또 어떻게 살아가는지

걷다보면 누가 말해줄 것 같아

이 거리가 익숙했던

우리 발걸음이 나란했던

그리운 날들

오늘밤 나를 찾아온다

널 그리는 널 부르는 내 하루는

애태워도 마주친

추억이 반가워

날 부르는 목소리에 돌아보면

텅 빈 거리 어느새

수많은 니 모습만 가득해

막다른 길 다다라서

낯익은 벽 기대보며

가로등 속 환히 비쳐지는

고백하는 내가 보여

떠오르는 그때 모습

내 살아나는 설렘

한 번에 참 잊기 힘든

순간이란 걸

또 한번 느껴지는 하루

아직 나를 생각할지

또 그녀도 나를 찾을지

걷다보면 누가 말해줄 것 같아

이 거리가 익숙했던

우리 발걸음이 나란했던

그리운 날들

오늘밤 나를 찾아온다

널 그리는 널 부르는 내 하루는

애태워도 마주친

추억이 반가워

날 부르는 목소리에 돌아보면

텅 빈 거리 어느새

수많은 니 모습만 가득

부풀은 내 가슴이

밤하늘에 외쳐본다

이 거리는 널 기다린다고

널 그리는 널 부르는 내 하루는

애태워도 마주친

추억이 반가워

날 부르는 목소리에 돌아보며

텅 빈 거리 어느새

수많은 니 모습만 가득해

● 성시경 5집 [The Ballads] (2006)

어디로
가야 하죠
아저씨

〈이별택시〉는 살면서 가장 힘들었던 시절에 썼습니다. 2003년
이었죠. 2000년부터 2005년 사이에 쓴 가사들이 대개 그런
데, 특히 〈이별택시〉에는 그때의 그 힘겨웠던, 찌들었던 기
분이 고스란히 남아 있습니다. 뒤틀려 있던 감정이 평소에는
잘 쓰지 않는 단어들을 불러모았고, 결국에는 농도가 짙은
이별 이야기를 낳았죠.

　　내가 그때 왜 그렇게 침울했나 돌이켜보면, 아마도 시행
착오 때문이 아니었나 싶습니다. 데뷔 14년 차가 되면서 여
러모로 많이 흔들렸던 거죠. 사랑도 그렇고 음악도 그렇고 마
음대로 되는 게 하나도 없었어요. 요즘 친구들을 보면 삼십대

초중반에도 참 야무지게 잘하는 것 같은데, 저는 그러지 못했습니다. 그냥 절박하기만 했어요. 잘하고 싶은데 잘 안 되니까 악에 받쳐서 더욱더 몰입하고 매달렸던 거죠. 그래서 그런지 그때 쓴 가사들은 어쩐지 좀 감정적입니다. 상황도 감정도 훨씬 더 극단적이고 드라마틱해요.

〈이별택시〉는 이제껏 이별 후에 집으로 돌아오는 길을 묘사한 노랫말은 없지 않았나 하는 생각으로 시작했습니다. 저는 일상에서 흔히 볼 수 있는 사물을 통해 감정을 드러내는 것을 선호해왔기 때문에 택시는 평소의 제 작법과도 아주 잘 어울리는 소재였죠. 사실 처음에는 버스를 떠올리기도 했는데, 곰곰이 생각해보니 아무래도 버스보다는 택시가 자신의 감정에 솔직해질 수 있는 공간일 것 같더라고요. 우아하고 아련한 슬픔이 아닌, 청승맞고 궁상떠는 슬픔이 택시 안에서는 가능할 것 같았습니다. 현실적이면서도 구체적인 슬픔, 가공된 슬픔이 아닌 진짜에 가까운 슬픔을 그려보고 싶었거든요.

이 노래가 서서히 인기를 얻게 된 과정을 되짚어보면 노래의 힘을 느낍니다. 〈이별택시〉는 지금은 가수 김연우의 대표곡이 되었지만, 사실 앨범의 타이틀곡은 아니었거든요. 발표 당시에는 소수의 팬들만 알고 있던 수록곡 중 하나였죠. 그런데 음악 좀 듣는다는 사람들, 특히나 후배 가수들이 여러 매체에서 이 곡을 추천하면서 점차 대중에게도 알려지기 시작했어요. 한 번에 폭발적으로 유명해진 건 아니고 몇 년에 걸쳐서 조금씩 꾸준하게 세력을 확장해나가듯이 사람들의 마음을 사로잡았죠. 순전히 노래가 좋아서, 그러니까 노래의 매력만으로 인기를 얻게 된 곡이라고 해도 과언이 아닐 것 같아요.

〈이별택시〉 덕분에 저는 '작사가'라는 타이틀이 어색하지 않은 사람이 되었습니다. 이 곡이 '작사가 윤종신'의 대표곡 중 하나라는 게 저는 참 마음에 들어요.

이별택시

건너편엔 니가 서두르게
택시를 잡고 있어
익숙한 니 동네 외치고 있는 너
빨리 가고 싶니 우리 헤어진 날에
집으로 향하는 널
바라보는 것이 마지막이야
내가 먼저 떠난다
택시 뒤창을 적신
빗물 사이로 널 봐야만 한다
마지막이라서

어디로 가야 하죠 아저씨
우는 손님이 처음인가요
달리면 어디가 나오죠
빗속을

와이퍼는 뽀드득 신경질내는데

이별하지 말란 건지
청승 좀 떨지 말란 핀잔인 건지
술이 달아오른다
버릇이 된 전화를
한참 물끄러미 바라만 보다가
내 몸이 기운다

어디로 가야 하죠 아저씨
우는 손님이 귀찮을 텐데
달리면 사람을 잊나요
빗속을

지금 내려버리면 갈 길이 멀겠죠
아득히

달리면 아무도 모를 거야
우는지 미친 사람인지

◉ 김연우 2집 [연인] (2004)

너무 끈적거려
떨어지지 않아

2004년의 저는 새로운 시도에 목말라 있었어요. 거의 10년 가까이 발라드 가사를 쓰다보니, 내가 쓰는 게 동어반복 같고 지겹다는 생각을 많이 했거든요. 한편으로는 사랑 노래가 다 거기서 거기 아닌가 싶으면서도 또 한편으로는 내가 거기서 거기인 걸 쓰려고 음악을 하는 건 아닌데 싶었죠. 어떻게 하면 뭔가 다른 걸 쓸 수 있을지 고심하고 또 고심했어요.

그러다 떠올린 게 바로 '몬스터'였습니다. 헤어진 연인을 괴물에 비유해보면 어떨까 싶었죠. 헤어진 연인을 추억하는 일이란, 그리고 그 사람이 남겨놓은 온갖 감정과 혼자 씨름하는 일이란 마치 괴물을 상대하는 것 같은 기분일 때가 많으니까요.

제 머릿속에 떠오른 괴물은 미끈미끈한 점액질로 뒤덮인 괴물, 끈적끈적하기까지 해서 한번 달라붙으면 잘 떨어지지 않는 괴물, 시도 때도 없이 촉수를 뻗으며 숨구멍을 틀어막는 괴물, 내 몸속 깊숙이 숙주처럼 자리잡아 모든 영양분을 앗아가는 괴물, 분명히 만질 수는 있지만 이상하리만큼 환영 같아서 쫓아낼 수 없는 그런 괴물이었어요.

〈몬스터〉는 흡사 '괴물 매뉴얼' 같은 내용을 담고 있기도 해요. 가사 속 화자는 괴물의 모습과 특징과 위력을 하나씩 설명한 다음 친절히 주의 사항까지 일러주죠. 이 괴물은 당신 곁에 있을 때는 너무나도 귀엽고 사랑스럽지만, 당신 곁을 떠나는 바로 그 순간 무시무시한 모습으로 돌변한다고. 그러니 절대로 이 괴물의 변신을 돕는 짓은 하지 말라고. 이 매뉴얼을 읽는 당신은, 이 노래를 듣는 당신은, 어떤 일이 있어도 나처럼 그 사람 곁을 떠나는 멍청한 실수는 하지 말라고요.

〈몬스터〉는 제가 쓴 가사 중에서도 특히 발상의 전환이 도드라지는 곡이 아닐까 싶어요. 사실 내용만 놓고 보면 특별할 건 없거든요. 세상의 모든 이별 노래가 그렇듯 이 노래 또한 헤어진 연인 때문에 힘겨워하는 한 사람의 이야기니까요. 하지만 헤어진 연인을 몬스터에 비유함으로써, 그 하나의 아이디어를 가사를 풀어나가는 핵심 동력으로 배치함으로써 느낌이 확 달라졌어요. 덕분에 표현의 스펙트럼도 넓어지고 장르적 실험도 가능해졌죠.

영화로 치면 결국은 슬픈 사랑 이야기지만 결말로 향하는 내내 공포 혹은 SF 장르가 주는 재미를 충실히 따르는 작품이랄까요. 익숙한 스토리에 다른 장르를 이식하고 결합해서 흥미로워진 거죠. 속은 멜로지만 외피는 멜로가 아닌 다른 옷을 입고 있는 거예요. 노랫말이라고 해서 매번 같은 옷을 입어야 하는 건 아니잖아요.

사랑 이야기는 응당 어떠해야 한다는 서사적 경계에 갇히지 말았으면 좋겠어요. 그리고 사랑 이야기라고 해서 감정을 직접 서술해야 한다는 고정관념에서 벗어났으면 좋겠어요. 익숙한 것으로부터 자꾸 달아나려는 시도가 선행되어야 아이디어는 찾아와줄 테니까요.

몬스터

너 잘 갔니
너 맘이 편하니
너 가버리면 모두 다 끝난 거니
참 쉽기도 한 생각

나 비운다
나 쌓여진 너를
차곡히 정리해본 너란 기억은
꽤나 많더구나

네가 남발했던 사랑이란 달콤함은
너무 끈적거려 떨어지지 않아
이젠 꼼짝할 수도
이젠 숨을 막아오고 있어
떠났어도 떠나지 않은
너란 괴물은 내 꿈속마저도

너 누구니
너 이젠 누구니
너 이젠 그의 곁을 떠나가지 마
그때가 넌 예쁘지

네가 남발했던 사랑이란 달콤함은
너무 끈적거려 떨어지지 않아
이젠 꼼짝할 수도
이젠 숨을 막아오고 있어
떠났어도 떠나지 않은
너란 괴물은

놓치지 말아요
그녀라는 그리움을
너무 애가 타서
너무 목이 말라
가득 물을 마셔도
가득 취해봐도 소용없어
그 어떤 일이 있어도
떠나보내지 마

놓치지 말아요

그녀라는 그리움을

너무 애가 타서

너무 목이 말라

가득 물을 마셔도

가득 취해봐도 소용없어

그 어떤 일이 있어도

떠나보내지 마

그녀란 괴물을 아껴주길

◉ 10집 [Behind The Smile] (2005)

마침
흘러나온
그때 그 노래

작사가는 잠깐 스쳐지나가는 단상을 3분에서 5분 정도의 길이로 늘여놓을 수 있는 사람입니다.

쉽게 예를 들어볼까요. 시내의 어느 카페에서 나의 옛 연인이 새로운 사람과 함께 있는 모습을 봤다고 상상해보자고요. 나는 아마도 그 순간 어떤 감정에 사로잡힐 겁니다. 그 감정이란 질투가 될 수도 있고, 분노가 될 수도 있고, 안도가 될 수도 있겠죠. 아니면 질투와 분노와 안도가 뒤섞인 감정일 수도 있고, 그 모든 것과는 조금씩 어긋나는 어떤 알 수 없는 감정일 수도 있을 거예요.

하지만 그 순간의 그 기분을, 그때의 그 느낌을 나는 표현해낼 수가 없습니다. 질투가 난다, 화가 난다, 다행이다 정도로 짧게 요약할 수는 있지만, 그 이상은 쉽지 않죠. 내가 느낀 건 그렇게 간단명료한 감정이 아닌데, 내가 맞닥뜨린 건 그보다 훨씬 더 복잡미묘한 무엇인데, 나는 그걸 한마디 이상으로 풀어낼 수가 없어요.

또다른 상황을 예로 들어볼까요. 친구와 함께 길을 걷다가 한때 옛 연인과 즐겨 찾던 이자카야를 발견했다고 상상해보죠. 나는 아마도 그 가게에서 쉽사리 눈을 떼지 못할 겁니다. 그녀가 특별히 좋아했던 메뉴와 우리를 반겨주던 주인아저씨가 떠올라서 잠시 멍해지겠죠. 그런데 그때 옆에 있던 친구 녀석이 갑자기 뭔가를 묻더니 나의 시선을 딴 곳으로 잡아끕니다. 왜냐하면 그 친구는 그곳이 나와 그녀의 추억의 장소라는 걸 아는 사람이거든요.

그 순간 나는 친구의 무심한 듯 섬세한 배려에 감동합니다. 친구는 내가 그 가게를 보면 속상해하리라는 걸 금세 알아차리고는 일부러 급히 화제를 돌린 거니까요. 하지만 나는 방금 전의 뭉클함을 고작 고맙다는 한마디로 대신할 뿐입니다. 내가 느낀 건 분명히 그 한마디보다는 훨씬 더 묵직하고 강렬한 무엇인데, 그 한마디로는 내 기분을 온전히 담아낼 수 없는데, 그밖의 다른 말은 좀처럼 떠오르지 않으니까요.

저는 작사가란 바로 그런 걸 대신 표현해주는 사람이라

고 생각해요. 한마디로 말해버리면 그만인 감정을 최선을 다해 복원하고 기록하고 묘사하는 거죠. 누군가는 미처 알아차리지 못했을 순간을, 누군가는 깊이 생각해보지 않았을 감정을, 누군가는 그런가보다 하고 금세 잊어버렸을 느낌을 대신 발견하고 간직하고 재현하는 거예요. 그래서 사람들이 그 노래를 들었을 때, 그 가사를 읽었을 때 '맞아, 그렇지. 그래, 그런 거지' 하고 고개를 끄덕일 수 있게요.

작사가란 누구보다 섬세하게 느낄 수 있는 사람, 누구보다 오래도록 기억할 수 있는 사람, 그리고 누구보다 정확하게 표현할 수 있는 사람입니다.

○

모처럼

○

모처럼 나와보았네

아직도 익숙한 거리

그렇게 잊기 위해서 피해 다닌

골목골목 낯익은 가게들

모처럼 마셔보았네

그때와 똑같은 잔에

하나도 바뀌지 않은

그 의자와 그 향기와

날 알아보는 주인까지

시간이 멈춘 걸까

여긴 모두 그대로인데

창가에 비친 내 얼굴과

맞은편 자리는

이젠 초라하게 변해

이곳은 어울리지 않아

마침 흘러나온 그때 그 노래를

다시 따라해봐도

그저 내 목소리만이

무안하게 들려오네

비어 있는 내 맞은편과

더이상은 할말 없어서

모처럼 나온 내 발길 돌리네

시간이 멈춘 걸까

여긴 모두 그대로인데

창가에 비친 내 얼굴과

맞은편 자리는

이젠 초라하게 변해

이곳은 어울리지 않아

마침 흘러나온 그때 그 노래를

다시 따라해봐도

그저 내 목소리만이

무안하게 들려오네

비어 있는 내 맞은편과

더이상은 할말 없어서

모처럼 나온 내 발길 돌리네

또 언제 나오게 될는지

◉ 8집 [헤어진 사람들을 위한 지침서] (2000)

저는 이십대 초반에 음악을 가장 열심히 들었어요. 스무 살부터 스물두 살 때까지, 그러니까 데뷔 전 대학에 다니던 시절이었죠. 학교가 원주에 있어서 날마다 버스를 타고 서울을 벗어나야 했는데, 집에서 출발해 학교 앞에 도착할 때까지 쉼없이 음악만 들었어요. 그 당시 도어 투 도어로 두 시간 반 정도가 걸렸으니 왕복하면 하루에 거의 다섯 시간 가까이 이어폰을 끼고 있었던 거죠. 그 당시 저의 플레이리스트는 박학기, 조동익, 장필순, 김현철 그리고 '어떤날'이었고, 제 음악적 감수성의 상당 부분이 이때 들었던 음악들로 형성되었다고 해도 무리는 아닐 거예요.

지금도 가끔 그런 생각을 해요. 만약 내가 집에서 가까운 학교에 진학했더라면, 시외버스가 아닌 시내버스나 전철을 타고 등하교했다면, 과연 이렇게까지 많은 음악을 들었을까. 과연 지금과 같은 음악적 감수성을 키울 수 있었을까. 내가 날마다 영동고속도로를 타고 차창 밖 풍경을 마주하는 생활을 하지 않았다면, 나는 어쩌면 음악에는 관심도 없는 사람이 되지 않았을까. 그랬다면 나는 지금과는 전혀 다른 사람이 되지 않았을까.

그 시절 이어폰에서 흘러나오는 노래를 들으면서 정말이지 많은 상상을 했어요. 이어폰을 끼고 있으면 세상이 다르게 보였거든요. 버스 안에서 꾸벅꾸벅 조는 사람도, 내 얼굴 위로 아른거리는 햇살도, 차창 밖으로 스쳐지나가는 황량한 들판도 모두 영화 속 한 장면처럼 느껴졌죠. 내 눈은 카메라가 되고 내 귓가에 흐르는 음악은 배경음악이 되었던 거예요. 음악을 그냥 들리는 대로 듣는 게 아니라 눈앞에 펼쳐지는 이런저런 장면과 하나로 결합하면서, 음악에서 감지되는 여러 가지 분위기를 투사하면서 듣는 거죠.

그때의 경험은 지금까지도 제게 큰 영향을 미치고 있어요. 그 시절 버스 안에서 음악을 들으면서 어떤 장면을 상상하고 감각하던 놀이가 습관처럼 익숙해졌기 때문에 지금도 어렵지 않게 가사를 쓸 수 있거든요.

그래서 저는 작사가를 꿈꾸는 친구들에게 여행을 권해요. 그냥 여행이 아니라 음악과 함께하는, 음악에 집중하는 '작사 여행'이죠. 이어폰을 끼고 음악을 들으면서 떠나보는 거예요. 버스나 기차를 타도 좋고, 그냥 무작정 걸어도 좋아요. 그리고 들려오는 음악에 기대어 보이는 것들을 묘사해보는 거죠. 빠른 노래라면 빠른 노래대로 느린 노래라면 느린 노래대로 눈앞의 풍경이 다를 거예요. 가슴속에 차오르는 감정도, 머릿속에 떠오르는 단어도 다르겠죠. 분명히 같은 풍경이고 같은 거리이고 같은 사람인데도 결코 같지 않을 거예요. 어떤 음악이 흘러나올 때는 지나가던 사람들이 갑자기 슬로모션처럼 움직일 테고, 또다른 음악이 흘러나올 때는 눈앞의 장면이 갑자기 아련하고 서글프게 다가오겠죠.

내가 듣는 음악에 따라 눈앞의 상황이 완전히 달라질 수 있다는 걸 직접 경험해봤으면 좋겠어요. 그리고 그 장면을 꼭 단어로 표현해봤으면 좋겠고요. 그건 분명히 그 무엇과도 바꿀 수 없는 소중한 작사 수업이 될 거예요.

벗어나기

미련 없이 벗어나보자

예민해진 나의 도시를

이정표 따라 조금만 달려보면

성격 좋은 작은 마을 하나둘 보일 거야

하얀 차선 내게로 온다

창틈 새 요란한 바람과

이 길에선 모든 게

날 반기듯이 달려온다

뭐가 그렇게도 힘들었냐고

핸들 움켜쥔 손 어느새 편안해지고

찌푸렸던 기억들도 다 잊어줄게

창문 열고 단 한 번만

시원하게 소리치면

그후론 뒷말 없기

사랑해 내 사람들 내 모든 추억들

여기 벗어나서 보니 그냥 사는 얘기들

미처 보이지 않던

나의 옹졸했던 고민도 보이네

사랑해 가야 할 길 느긋이 가려 해

이리저리 둘러보며 가는 남은 여행길

돌아올 땐 도시가 후덕한

식당 주인아저씨처럼 날 반겼으면

볼륨 올려보면 추억 속 멜로디들과

흐뭇했던 기억들이 다 살아나네

창 닫고 목 가다듬고

그때처럼 불러보면

때마침 빗방울이

사랑해 내 사람들 내 모든 추억들

여기 벗어나서 보니 그냥 사는 얘기들

미처 보이지 않던

나의 옹졸했던 고민도 보이네

사랑해 가야 할 길 느긋이 가려 해

이리저리 둘러보며 가는 남은 여행길

돌아올 땐 도시가 후덕한

식당 주인아저씨처럼 날 반겼으면

날 반겼으면

날 반겼으면

◉ 11집 [동네 한 바퀴] (2008)

〈말꼬리〉는 사람들에게 사랑받고 싶다는 생각으로 쓴 가사입니다. 이건 사람들이 꼭 좋아하게 만들 거야, 라는 생각으로 작정하고 머리를 굴렸달까요. 한 줄 한 줄에 흔히 말하는 '업자의 기법'이 다 들어 있어요. 엔터테인먼트의 기능과 클리셰가 가득해서 다른 어떤 가사보다도 상업적이죠. 인물은 극단적이고, 사건은 처절하고, 배경은 슬프고.

가사 속 상황을 한번 살펴볼까요.

여기는 아마도 카페일 겁니다. 창밖으로 먹구름이 잔뜩 내려앉은 하늘이 펼쳐진 가운데, 무거운 비가 추적추적 내리고 있죠. 창가 쪽 테이블에 침울한 표정으로 앉아 있는 연인이 보입니다. 두 사람은 지금 한참 이별을 얘기하는 중인데, 보아하니 이별을 말하는 쪽이 여자, 듣는 쪽이 남자 같습니다. 여자는 어떻게든 빨리 일어나고 싶은지 시종일관 무표정하고, 남자는 어떻게든 상대방을 붙잡고 싶은지 간절해 보입니다.

사실 남자는 알고 있습니다. 사랑하지만 헤어지는 거라는 여자의 말은 그저 좋은 사람으로 기억되고 싶은 이기적인 욕심에 지나지 않는다는 것을요. 사랑한 만큼 힘들었다는 여자의 말은 변심과 배신을 그럴듯하게 포장해보려는 어쭙잖은 핑계일 뿐이라는 것을요.

하지만 그걸 안다고 해서 여자의 마음을 돌릴 수 있는 건 아닙니다. 그 순간 이 남자가 할 수 있는 건 별로 없어요. 그저 여자의 말꼬리를 잡으면서 매달리는 게 최선이죠. 난 속이 좁은데 너는 그렇지 않은 것 같다고, 네 말처럼 사랑이 남았다면 어떻게든 다 쓰고 가라고 비꼬고 우기고 비아냥대면서 억지를 부리는 거예요. 어떻게든 이별을 유예하려고 끝까지 몸부림을 치는 겁니다.

어떤가요? 마치 드라마 속 한 장면을 보는 것 같지 않나요? 뻔하디 뻔한 통속 드라마, 뻔하다는 걸 알면서도 나도 모르게 가슴이 답답해지고 눈물이 차오르는 그런 이별 장면이요.

발라드는 보통 듣고 싶어서 일부러 찾아 듣는 경우가 많습니다. 아예 바닥을 쳐야겠다는 생각으로 혹은 좀더 우울해지고 싶거나 슬픔을 즐겨야겠다는 생각으로 찾아 듣는 거죠. 그냥 흘려듣는 게 아니라 확실한 목적을 갖고 듣는 거예요. 우리가 흔하고 뻔한 이별 노래에 가슴 아파하고 감동하고 무너져내리는 이유는 아마도 울 준비가 되어 있기 때문일 겁니다. 맨정신으로 봤을 땐 이게 다 뭔가 싶은 낯간지럽고 유치한 말장난 같은 가사도 발라드를 듣고 싶을 때 다시 들여다보면 이보다 더 슬플 수가 없거든요.

그런 의미에서 저는 〈말꼬리〉가 발라드라는 장르가 지닌 목적성에 백 퍼센트 부합하는 노래라고 생각합니다. 울 준비가 되어 있는 사람들의 마음을 충분히 흔들어줄 수 있는 세련되고 완성도가 높은 가사라고 자부해요. 비가 추적추적 내리는 날, 왠지 모르게 밑바닥까지 가라앉고 싶은 날, 마음껏 슬픔을 즐기고 싶은 날. 바로 그런 날에 이 노래를 즐겨주셨으면 좋겠습니다.

말꼬리

비는 오고 너는 가려 하고

내 마음 눅눅하게 잠기고

낡은 흑백영화 한 장면처럼

내 말은 자꾸 끊기고

사랑한 만큼 힘들었다고

사랑하기에 날 보낸다고

말도 안 되는 그 이별 핑계에

나의 대답을 원하니

너만큼 사랑하지 않았었나봐

나는 좀 덜 사랑해서

널 못 보내

가슴이 너무 좁아

떠나간 너의 행복 빌어줄

그런 드라마 같은

그런 속 깊은 사랑

내겐 없으니

사랑하면 내게 머물러줘

사랑하면 이별은 없는 거야

너만큼 사랑하지 않았었나봐

나는 좀 덜 사랑해서

널 못 보내

가슴이 너무 좁아

떠나간 너의 행복 빌어줄

그런 드라마 같은

그런 속 깊은 사랑

내겐 없으니

우리의 사랑 바닥 보일 때까지

우리의 사랑

메말라 갈라질 때까지

다 쓰고 가

남은 사랑처럼 쓸모없는 건

만들지 마요

손톱만큼의 작은 사랑도

내게 다 주고 가요

그러니까 이별은 없는 거야

◉ [월간 윤종신] 2011년 6월호

내가 지금
숨이
차오르는 건

옛 연인과 재회한다면 어떤 기분일지를 상상하면서 쓴 노래, 〈너에게 간다〉가 그런 노래입니다. 헤어진 지 얼마 안 된 연인은 아니고 대략 4, 5년쯤 되는 연인을 떠올렸는데요. 제 경우에는 그리움이 찾아드는 게 막 이별했을 때보다는 오랜 시간이 흐른 뒤일 때가 더 많아서 자연스레 그런 그림을 그리게 된 것 같아요. 그 사람을 까맣게 잊고 아주 잘살고 있을 때 불현듯 찾아오는 그리움이라는 게 어쩌면 진짜 그리움이 아닐까 싶은 생각을 한 거죠.

이 곡은 재회의 설렘을 그립니다. 생각지도 않았을 때, 무료하고 평온한 보통날을 보내고 있을 때 옛 연인에게서 전화가 걸려오는 거죠. 저는 진짜 설레는 일은 완전히 체념하고 있을 때 찾아온다고 생각하거든요. 사람 일이라는 게 참 신기하게도 기다리고 애가 탈 때는 좀처럼 이뤄지지 않던 것도 오히려 기대를 접고 생각을 멈추면 실현되잖아요. 이 곡의 주인공이 바로 그런 상황인 거죠. 무방비 상태에서 내가 그리워하던 사람의 전화를 받는다는 건, 그때의 그 떨림과 설렘과 가슴 벅찬 기분이라는 건 말로는 다 표현할 수 없을 겁니다.

〈너에게 간다〉를 만들면서 가장 크게 고민했던 건 두 가지였습니다.

일단 가사. 저는 사랑 이야기를 전개할 때 보통 두 가지 방식을 즐겨 쓰는데요. 하나는 현재에서 과거를 떠올리는 '회상형'이고, 다른 하나는 행위가 일어나는 현재를 그대로 보여주는 '현장중계형'이죠. 이 곡은 당연히 '현장중계형'을 택했어요. 시점을 현재로 고정해 듣는 사람의 눈앞에 실시간으로 상황이 펼쳐지는 것처럼 보여주고 싶었거든요. 주인공의 생각과 기분과 느낌을 생생하게 표현하는 게 제일 중요했으니까요.

그리고 편곡. 이 노래를 쓰기 전에 염두에 뒀던 게 안드레아 보첼리의 〈Mai Piu' Cosi' Lontano〉였어요. 이 곡은 각종 TV 프로그램에서 주인공이 떨리는 마음으로 누군가를 기다릴 때 어김없이 흘러나오곤 하는데요. 이 노래에서 느껴지는 두근거림을 굉장히 좋아해서 이와 같은 감정을 재현하고 싶었어요. 그래서 편곡자에게 곡의 시작을 둥둥둥둥 하는 베이스로 표현해달라고 주문했죠. 둥둥둥둥 하는 소리가 맥박처럼 들리길 원했거든요. 그리고 가사도 그 맥박 소리와 이어지게끔 '내가 지금 숨이 차오르는 건'으로 시작했고요.

설렘이라는 감정은 무척이나 희귀합니다. 내가 원한다고 해서 설렐 수 있는 것도 아니고, 원치 않는다고 해서 설레지 않을 수 있는 것도 아니죠. 지루하고 재미없는 일상에 깜짝 선물처럼 찾아오는 감정이 바로 설렘입니다. 아주 가끔 찾아오는 감정이므로, 결코 흔하지 않은 감정이므로 더할 나위 없이 소중하고 귀중합니다. 〈너에게 간다〉는 처음부터 끝까지 그 설렘을 위해 달려가는 노래입니다.

○

너에게 간다

○

내가 지금 숨이 차오는 건

빠르게 뛰는 이유만은 아냐

너를 보게 되기에 그리움 끝나기에

나의 많은 약속들 가운데

이렇게 갑자기 찾아들었고

며칠 밤이 길었던 약속 같지 않은 기적

너와 헤어짐에 자신했던

세월이란 믿음은

나에게만은 거꾸로 흘러

너를 가장 사랑했던

그때로 나를 데려가서

멈춰 있는 추억 속을 맴돌게 했지

단 한 번 그냥 무심한

인사였어도 좋아

수화기 너의 목소리

그 하나만으로도

너에게 간다
다신 없을 것 같았던 길
문을 열면 네가 보일까
흐르는 땀 숨 고른 뒤
살며시 문을 밀어본다

너의 갑작스런 전화 속에
침착할 수 없었던
내 어설펐던 태연함 속엔
하고픈 말 뒤섞인 채
보고 싶단 말도 못하고
반가움 억누르던 나
너를 향한다

단 한 번 그냥 무심한
인사였어도 좋아
수화기 너의 목소리
그 하나만으로도
너에게 간다
다신 없을 것 같았던 길

문을 열면 네가 보일까

숨 고른 뒤 살며시

문을 밀어본다

⊙ 10집 [Behind The Smile] (2005)

사랑을 시작할 때
니가 얼마나 예쁜지
모르지

〈좋니〉는 제가 쓴 가사 중에서도 손에 꼽을 만큼 직접적입니
다. 비유도 적고, 아니 비유라고 할 게 거의 없고, 구체적으
로 상황을 꾸미거나 장식하지도 않죠. 그냥 내 마음과 감정
을 에두르지 않고 대놓고 똑바로 표현합니다. 나는 지금 힘
들다고, 버겁다고, 아프다고, 억울하다고.

〈좋니〉는 정말이지 거침없이 썼습니다. 실제로 쓰는 데
한 시간 반이 채 걸리지 않았고, '십 분의 일만이라도'라는 표
현을 조금 가다듬은 것 말고는 크게 고민하거나 수정한 것도
없죠. 쉽고 간결하고 명확한 가사를 쓰고 싶었고, 그렇게 써
내는 데 성공한 건지 운이 좋게도 많은 분들의 마음에 가닿

을 수 있었습니다.

이 노래에서 이야기하는 건 특별할 게 없습니다. 이별해 본 사람이라면 누구나 한 번쯤은 느껴봤을 감정이고, 아직 느껴보지 못했더라도 충분히 헤아려볼 수 있는 감정이죠. 헤어진 연인이 진심으로 행복하길 바라지만 그래도 아주 조금은 아팠으면 하는 마음. 마냥 행복한 게 아니라 내가 아픈 만큼만 똑같이 아팠다가 다시 행복해졌으면 하는 마음. 인정하고 싶지도 않고 꺼내보고 싶지도 않지만, 분명히 우리 안에 존재하는 비틀린 감정이죠.

이 세상에는 쿨한 척하는 노래는 있어도 진짜로 쿨한 노래는 없습니다. 노래라는 건 원래 애써 숨겨두고 감춰뒀던 속마음을 털어놓는 거니까요. 오랜 시간 가두고 억눌렀던 감정을 입 밖으로 꺼내놓는 건데 어떻게 쿨할 수가 있겠어요. 특히 사랑 노래는, 〈좋니〉 같은 발라드는 더더욱 그렇죠. 헤어진 연인에게 직접 전할 수 없었던 얘기를, 차마 말하지 못했던 얘기를 노래를 빌려서 하는 거니까요.

그렇다고 해서 이 곡이 헤어진 연인에게 부르는 노래인가 하면 그건 또 아닙니다. 이 노래에 굳이 청자를 설정한다면 그건 '헤어진 연인'보다는 '나와 같은 사람들'일 거예요. 나를 버린 그 사람에게 내가 이렇게 힘들어하고 있다는 걸 알리기 위해 부르는 노래가 아니라, 나처럼 고된 이별을 경험한 사람들에게 당신만 힘든 게 아니라는, 사랑과 이별은 다 그렇게 아프더라는 위로를 전하기 위해 부르는 노래인 거죠.

아니, 어쩌면 이 노래는 다른 누구도 아닌 자기 자신에게 부르는 노래일지도 모르겠습니다. 문득 힘들고 버겁고 아프고 억울한 날의 일기 같은, 아무도 들어주지 않아도 괜찮고, 사실은 아무도 듣지 않기를 바라는 혼잣말 같은 노래요. 헤어져도 멀쩡히 행복하게 잘살고 있을 그 사람에게 하고 싶은 말이지만, 동시에 그 사람에게는 결코 가닿지 않기를 바라는, 그런 혼잣말이요. 그러니까 이건 내가 나에게 건네는 위안이자 다짐 같은 노래인 거죠.

아, 그러고 보니 이 노래가 유독 혼자 부르고 혼자 듣는 코인 노래방에서 많이 불리는 이유를 알 것 같네요.

○

좋니

○

이제 괜찮니 너무 힘들었잖아

우리 그 마무리가 고작 이별뿐인 건데

우린 참 어려웠어

잘 지낸다고 전해들었어 가끔

벌써 참 좋은 사람

만나 잘 지내고 있어

굳이 내게 전하더라

잘했어 넌 못 참았을 거야

그 허전함을 견뎌내기엔

좋으니 사랑해서

사랑을 시작할 때

니가 얼마나 예쁜지 모르지

그 모습을 아직도 못 잊어

헤어나오지 못해

니 소식 들린 날은 더

좋으니 그 사람

솔직히 견디기 버거워

니가 조금 더 힘들면 좋겠어

진짜 조금 내 십 분의 일만이라도

아프다 행복해줘

억울한가봐 나만 힘든 것 같아

나만 무너진 건가

고작 사랑 한 번 따위

나만 유난 떠는 건지

복잡해 분명 행복 바랐어

이렇게 빨리 보고 싶을 줄

좋으니 사랑해서

사랑을 시작할 때

니가 얼마나 예쁜지 모르지

그 모습을 아직도 못 잊어

헤어나오지 못해

니 소식 들린 날은 더

좋으니 그 사람

솔직히 견디기 버거워

너도 조금 더 힘들면 좋겠어

진짜 조금 내 십분의 일만이라도

아프다 행복해줘

혹시 잠시라도 내가 떠오르면

걘 잘 지내 물어봐줘

잘 지내라고 답할걸 모두 다

내가 잘사는 줄 다 아니까

그 알량한 자존심 때문에

너무 잘사는 척

후련한 척 살아가

좋아 정말 좋으니

딱 잊기 좋은 추억 정도니

난 딱 알맞게 사랑하지 못한

뒤끝 있는 너의 예전 남자친구일 뿐

스쳤던 그저 그런 사랑

◉ [LISTEN 010] (2017)

수고했어 사랑
고생했지
나의 사랑

윤종신씨는 어떻게 그렇게 여성의 마음을 잘 아느냐는 질문을 종종 받습니다. 제가 쓰고 여성 가수들이 부른 노래들 때문이죠. 가사 속 화자도 여성이고 노래를 부르는 사람도 여성이다보니, 본의 아니게 가사를 쓴 제가 마치 여성에 대해 잘 알고 여성을 곧잘 이해하는 것처럼 보이나봅니다.

물론 그건 오해입니다. 사랑 이야기를 쓰는 창작자로서 저는 언제나 저와 다른 성을 가진 사람들의 생각과 마음을 궁금해합니다만, 그렇다고 해서 제가 진정으로 그들을 이해할 수 있다고는 생각하지 않거든요. 잠시 이해할 수는 있겠지만, 그건 말 그대로 잠시일 뿐이지 진정한 이해는 아닐 테니까요. 이해라기보다는 이해했다는 착각에 가깝겠죠.

주위의 동료들, 특히나 여성 아티스트들과 이야기를 나누다보면, 실제 여성들은 제 가사 속 캐릭터처럼 생각하지도 말하지도 행동하지도 않는다는 걸 알게 됩니다. 그중 어떤 친구는 어색한 부분을 꼭 집어서 말해주기도 하는데, 그럴 때마다 실제 여성과 제가 쓴 캐릭터는 너무나도 다르다는 걸 인정하지 않을 수가 없거든요. 그러고는 다시 한번 깨닫는 거죠. 아, 나는 몰라도 너무 모르는구나. 나는 순전히 상상으로 쓰고 있구나. 실제와 상상의 간극은 내 힘으로 어떻게 메울 수 있는 게 아니구나.

솔직히 말씀드리자면, 이제 저는 화자가 여성인 가사를 쓸 때 특별히 성별을 의식하려고 하지는 않습니다. 여성이라면 이렇게 생각할 거야, 여성이라면 이렇게 말하겠지, 라는 생각이 그야말로 착각이자 편견에 불과하다는 것을 알기에 그런 쓸데없는 짓은 하지 않죠. 그냥 저는 제가 느끼는 생각과 감정을 충실히 담아내고자 합니다. 필요에 따라 화자의 성과 인칭만 다르게 적을 뿐이죠. 그러니까 제가 쓴 가사는 겉으로 드러난 화자가 남성이든 여성이든 결국에는 저 윤종신의 이야기인 겁니다. 굳이 의도하지 않더라도, 노력하지 않더라도, 제 노랫말 속에는 어떻게든 제가 들어갈 수밖에 없더라고요.

그래서일까요. 제 가사를 아껴주시는 분들 중에는 유독 남성분들이 많습니다. 여성분들도 좋아해주시긴 하지만 제가 체감하는 애정의 온도가 확연히 달라요. 여성분들이 가사의 감각적인 지점들, 이를테면 표현이나 분위기 같은 것들을 좋아해주신다면, 남성분들은 가사의 내용을 좋아해주시거든요. 이거 정말 내 얘기 같았다는, 내 마음이 딱 이랬다는 열렬한 공감의 피드백을 많이 보내주시죠. 심지어 화자가 여성인 가사도 여성분들보다는 남성분들이 훨씬 더 좋아해주시는데, 아무래도 이게 남성이 쓴 여성이다보니, 결국에는 남성의 시선으로부터 자유롭지 못한 게 아닐까 싶습니다. 아쉽게도 제 노래라는 건 어쩔 수 없이 남성이 쓴 남성의 판타지인 것 같아요.

○

첫 이별 그날 밤

○

멍하니 아무 일도 할일이 없어
이게 이별인 거니
전화기 가득찬 너와의 메시지만
한참 읽다 읽다

너의 목소리 마치 들린 것 같아
주위를 둘러보면
내 방엔 온통 너와의 추억투성이
이제야 눈물이

수고했어 사랑 고생했지 나의 사랑
우리 이별을 고민했던 밤
서로를 위한 이별이라고
사랑했단 너의 말을 믿을게

혹시 너무 궁금해
혹시 너무 그리우면

꼭 한 번만 보기로 해

너의 뒷모습 사라질 때까지
봤어 마지막이라서
나 먼저 떠나면
어깨 들썩여 우는
내 뒷모습 싫어서

수고했어 사랑 고생했지 나의 사랑
우리 이별을 고민했던 밤
서로를 위한 이별이라고
사랑했단 너의 말을 믿을게

혹시 너무 궁금해
혹시 너무 그리우면
꼭 한 번만 보기로 해

좀더 예뻐져도 훨씬 더 세련돼져도
후회하지 마 나를 놓친 걸
누군가 딴 사람 만나면

내게 들리도록 막 자랑해줘

그때서야 끝낼게
내게 돌아올지 모를
너를 꿈꾸는 그 밤을
할말 끝 안녕 내 사랑

◎ 아이유 미니 3집 [REAL] (2010)

널 사랑해
날 용서해
지금부터

'나이'에 대한 가사를 써야겠다고 마음먹었을 때 제일 조심스러웠던 건 바로 제 신념이 선언조로 가사 안에 녹아드는 것이었어요. 저는 신념을 선언하고 강요하는 것만큼 어리석은 게 없다고 생각하는데요, 사람은 계속 변하기 마련이잖아요. 30년을 살았을 때 보이는 세상과 50년을 살았을 때 보이는 세상은 결코 같지 않을 테고, 결국 삶에 대한 생각이나 추구하는 가치 또한 바뀌지 않을 수가 없죠.

어떤 게 더 옳고 그르다는 얘기는 아녜요. 삼십대에 하는 생각이 모두 다 섣부르고 잘못된 게 아니듯이, 오십대에 하는 생각이 모두 다 원숙하고 사려 깊지는 않잖아요. 50년을 살아도, 아니, 어쩌면 80년을 살아도 생각지 못한 실수를 하고 새로 배우는 게 인간이니까요. 나이를 먹는다는 것과 깨닫는다는 것은 이음동의어가 아닐까 싶을 정도로 우리는 사는 동안에 언제나 깨닫죠.

저는 나이를 먹으면서 깨달은 것들을 가사 속에서 직접 주장하거나 전파하고 싶지는 않았어요. 왜냐하면 제가 생각하는 가사란 그런 게 아니니까요. 설득하고 선동하는 가사는 결코 좋은 가사가 될 수 없거든요. 좋은 가사는 이래야 한다는 법칙 같은 게 있는 건 아니지만, 이게 과연 좋은 가사인지 의문을 갖게 하는 미심쩍은 가사들에는 어김없이 확신에 찬 주장이 들어 있더라고요.

저는 제 눈에 보이는 현상과 마음에서 벌어지는 이야기를 담담히 그리는 것 말고는 할 수 있는 게 없다고 생각했고, 그래서 최대한 그렇게 쓰려고 노력했어요. 나이가 드는 속도는 빨라지는 것 같고, 하지 말아야 할 건 늘어나는 것 같고, 갑작스러운 변화는 못마땅한 저의 솔직한 인상을 하나하나 짚어보았죠.

나이가 드니 자꾸 잘못했던 일들이 떠오른다는 고백 아닌 고백도 하고 싶었어요. 내가 더 중요해서 남에게 상처 준 일들, 내 일이 더 중요해서 모른 척한 일들, 그때는 별일 아니라고 나를 속였지만 돌이켜보니 너무나 큰일이었다는 걸 깨닫게 된 일들에 대해서 적어내려가고 싶었죠. 그리고 그때 그 사람들을 떠올렸어요. 보고 싶고, 손 내밀고 싶고, 용서를 구하고 싶은 사람들이요. 그들과 다시 만나서 서로의 기억을 확인하고 응어리를 풀고 찌꺼기처럼 남아 있는 감정을 정리하고 싶다는 생각을 했죠. 지나온 세월을 매끈하게 다듬고픈 마음일 수도 있고, 모두에게 좋은 사람으로 기억되고 싶은 과욕일 수도 있지만, 뭐, 그게 지금의 저니까요.

그러니까 저는 살아보니 '나이'란 이런 것이더라, 하는 얘기가 아닌, 저 윤종신은 이렇게 나이 먹고 있습니다, 라는 얘기를 하고 싶었던 거예요.

나이

안 되는 걸 알고 되는 걸 아는 거
그 이별이 왜 그랬는지 아는 거
세월한테 배우는 거 결국
그럴 수밖에 없다는 거

두 자리의 숫자 나를 설명하고
두 자리의 숫자 잔소리하네
너 뭐하냐고 왜 그러냐고
지금이 그럴 때냐고

잊고 살라는 흔한 말은 철없이
살아가는 친구의 성의 없는 충고
내 가슴 고민들은 겹겹이 다닥다닥
굳어버린 채 한몸 되어 날 누른다

날 사랑해 난 아직도
사랑받을 만해 이제서야

진짜 나를 알 것 같은데
이렇게 떠밀리듯 가면 언젠가
나이가 멈추는 날
서두르듯 마지막 말 할까봐
이것저것 뒤범벅이 된 채로
사랑해 용서해 내가 잘못했어
조금만 더 조금만 더

널 사랑해
날 용서해 지금부터

채 두 자리를 넘기기 어려운데
늘어나는 속도는 점점 빨라지고
하지 말아야 할 게 늘었어
어린 변화는 못마땅해
고개 돌려 한숨 쉬어도

날 사랑해 난 아직도
사랑받을 만해 이제서야
진짜 나를 알 것 같은데

이렇게 떠밀리듯 가면 언젠가

나이가 멈추는 날 서두르듯

마지막 말 할까봐

이것저것 뒤범벅이 된 채로

사랑해 용서해 내가 잘못했어

조금만 더 조금만 더

널 사랑해

날 용서해 지금부터

내 잘못이야

날 용서해 지금부터

날 사랑해 지쳐가는 날 사랑해

◉ [행보 2011 윤종신](2011)

힘들어요
내 맘 들키지
않는 건

요즘 저는 제가 음악을 프로듀싱하는 방식이 감독이 영화를 만드는 방식과 비슷하다는 생각을 합니다. 감독이 시나리오를 쓰고 배우를 섭외하고 카메라와 조명 스태프를 꾸리는 것처럼 저 또한 가사를 쓰고 가수를 섭외하고 편곡자와 녹음 세션을 꾸리죠. 경우에 따라서 앞뒤 순서가 조금씩 바뀌기도 하지만, 제가 만드는 대부분의 노래는 이러한 과정을 통해 완성됩니다.

감독이 특정한 배우를 떠올리면서 시나리오를 쓰는 것처럼 저 역시 특정한 가수를 생각하면서 노래를 씁니다. 먼저 노래를 만들어놓고 가수를 초빙하는 경우도 있지만, 그보다는 처음부터 어떤 가수를 염두에 두고 작업하는 것을 선호해요. 그 가수가 가진 이미지나 목소리에 저만의 상상을 더하는 것이 제가 이야기를 만드는 방식이기 때문이죠. 그 가수로부터 모티프를 얻어 캐릭터를 만들고 상황을 설정하고 메시지를 찾아내는 것, 그 가수를 상상의 세계로 옮겨와 이런저런 감정의 드라마를 구현하는 것이 저는 무척 재밌습니다.

그래서인지 저는 어떤 이야기를 촉발해주는 가수를 선호합니다. 제가 프로듀싱을 하고 싶고 하게 되는 가수들은 대개 그런 가수들이에요. 단순히 고음을 매끄럽게 올리고 음정 박자를 정확하게 맞추는 사람이 아니라 저에게 어떤 감정을 일깨워주고 캐릭터를 상상하게 하고 이야기를 고민하게 만드는 가수들이죠. 그건 아마도 제가 노래를 만들 때 무엇보다도 이야기를 중요하게 생각하는 프로듀서이기 때문일 겁니다. 이야기라는 옷을 짓고, 그 옷을 가수에게 입히는 프로듀서, 그 가수를 주인공으로 한 편의 짧은 드라마를 완성하고자 하는 프로듀서이기 때문이겠죠.

이러한 저의 프로듀싱 방법이 잘 드러나 있는 노래 중 하나가 바로 〈왠지 그럼 안 될 것 같아〉입니다. 이 곡은 사랑해서는 안 될 사람을 사랑해서 가슴앓이중인 한 여성을 화자로 내세운 이야기인데요. 외국인 가수의 어눌하고 서툰 한국어 발음이 4분여의 러닝타임을 가득 채우고 있죠.

노래를 부른 친구는 '켈리'라는 중국계 캐나다인 싱어송라이터입니다. 그 당시 켈리는 위탁 교육 형식으로 짧은 기간 미스틱엔터테인먼트에서 트레이닝을 받았는데, 한국말을 아예 할 줄 모르는 상태로 낯선 땅에 발 디딘 상황이었죠. 켈리를 볼 때마다 참 외롭고 힘들겠다는 생각을 했어요. 마음을 나눌 친구도 하나 없이 하루하루가 도전의 연속이었을 테니까요.

그러던 어느 날 켈리랑 이야기를 나누다 문득 영화 〈파이란〉이 떠올랐어요. 정확히는 영화 속에서 장백지가 연기한 '파이란'이라는 캐릭터가 생각난 거죠. 낯선 환경에서 어떻게든 성장해보려고 고군분투하는 켈리의 모습에서 머나먼 타지까지 날아와 힘겨운 시간을 보냈던 그 영화 속 주인공이 겹쳐지더라고요. 영화의 내용과는 상관없이 순전히 제가 포착한 어떤 이미지와 이미지가 맞닿은 거예요.

바로 거기서부터 켈리를 주인공으로 한 가상의 이야기가 시작되었어요. 만약에 켈리가 이곳에서 누군가와 사랑에 빠진다면, 그 누군가가 사랑해서는 안 될 사람이라면 이런 마음이지 않을까 하는 생각으로 가사를 써내려간 거죠. 타지에서 말이 통하질 않아 속이 타들어가는 기분과 상대방에게 감정을 전할 수 없어 끙끙 앓게 되는 기분이 어쩌면 통할 수도 있다고 생각했던 것 같아요. 어떻게 해도 내 마음을 온전히 전할 수가 없는 답답한 상태인 거니까요.

저는 켈리가 배운 지 얼마 안 되는 짧은 한국어 실력 그대로 노래해주기를 바랐어요. 잘하는 척할 필요도 없고 어색하지 않은 척할 필요도 없으니, 그냥 지금 할 수 있는 만큼만 발음해달라고 요청했죠. 왜냐하면 이 노래는 매끄럽고 유려하게 부르는 것보다는 자꾸 멈추고 맴도는 느낌으로 부르는 게 훨씬 더 중요했거든요. 제가 상상한 이야기는 어설프고 서투른 마음에 대한 이야기이자 먹먹하고 애달픈 기분에 대한 이야기였으니까요. 이 노래는 켈리가 부르지 않으면 안 되는 노래였던 거예요. 켈리라는 가수 덕분에 시작되었고 그 덕분에 완성될 수 있었던 한 편의 영화 같은 이야기인 거죠.

왠지 그럼 안 될 것 같아

처음에 보자마자 불안했어요
언젠가 사랑할까봐
왠지 난 그러면 안 될 것만 같은 사람
왜 내게 다가와버렸나요

저멀리 돌아가려 길을 찾아도
어느새 그대 앞인 걸
왠지 난 그러면 안 될 것만 같은 사람
왜 내겐 참을성이 없는지

힘들어요 내 맘 들키지 않는 건
두근거리는 게 들릴까봐
내 눈빛이 흔들리는 것도
하나도 예쁘지 않을 텐데

사랑해요 이 흔한 말밖엔 없어
하루종일 떠올랐던 그대에게

오늘도 결국 말 못하는 건 왠지
그럼 안 될 것 같아

저멀리 돌아가려 길을 찾아도
어느새 그대 앞인 걸
왠지 난 그러면 안 될 것만 같은 사람
왜 내겐 참을성이 없는지

힘들어요 내 맘 들키지 않는 건
두근거리는 게 들릴까봐
내 눈빛이 흔들리는 것도
하나도 예쁘지 않을 텐데

사랑해요 이 흔한 말밖엔 없어
하루종일 떠올랐던 그대에게
오늘도 결국 말 못하는 건 왠지
그럼 안 될 것 같아

◉ [월간 윤종신] 2014년 6월호

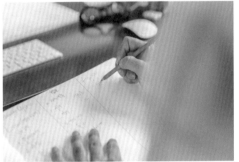

NIGHT

3부

너에게
듣고 싶은
너의 생각

홀가분한
나의
계절이

9월을 좋아합니다. 여름인 것 같지만 여름은 아니고, 가을인 것 같지만 가을은 아닌 오묘한 달. 20도 안팎의 기온이 안겨주는 평온함과 적당한 습도가 전해주는 청량감이 어우러지는 달. 초록이 빚어내는 생동감과 갈색에서 우러나는 안정감이 서서히 조화를 이루는 달. 사람들의 옷가지가 길어지며 색깔, 질감까지 모두 다양해지는 시기죠.

9월은 새 학기가 시작되는 달이기도 합니다. 여름방학을 마치고 돌아온 친구들의 크고 작은 변화를 구경하는 재미가 있죠. 바다에 다녀온 친구들은 시커멓게 그을려 있고, 연애를 시작한 친구들은 왠지 모르게 생기가 넘치고, 이별한 친구들은 죽어가는 것처럼 푸석푸석합니다. 어떤 친구들은 몰라볼 정도로 예뻐져서 돌아오기도 하고요.

직장인에게도 9월은 새로운 시작을 도모하는 달입니다. 무더웠던 여름이 퇴장하는 징후들을 하나둘 발견하다보면 자연스레 현재의 내 위치와 앞으로의 방향을 가늠하게 되죠. 내가 과연 잘살고 있는 건지, 어떻게 하면 더 나은 내가 될 수 있는지 고심하게 됩니다. 정답이 없기 때문에 울적해지기도 하지만, 오히려 그 기분 때문에 의욕을 되찾기도 해요. 글쎄요, 왜 그런 것인지는 저도 잘 모르겠습니다만, 그 센티멘털이 나를 대책 없이 앞으로 나아가게 만들거든요.

9월은 사랑하기에 알맞은 달이기도 합니다. 햇볕도 바람도 온도도 습기도 모두 적당해서 팔짱을 껴도 좋고, 손을 잡아도 좋고, 어깨를 감싸도 좋죠. 같은 방향을 바라보며 걸어도 좋고, 마주보며 이야기를 나누어도 좋습니다. 모든 게 다 적당하고 좋아서 잡은 손은 놓기 싫어지고, 뭔가 약속하고 싶은 기분이 들죠.

9월은 그런 계절입니다. 세상이 천편일률적이지 않다는 것을 일러주는 계절. 사람들의 크고 작은 변화를 눈여겨보게 되는 계절. 지금보다 훨씬 더 의욕적인 내가 되고 싶은 계절. 사랑에 빠지고 싶은, 그 사랑에 깊어지고 싶은 계절. 홀가분한 나와 기대하는 내가 나란히 서 있는 계절.

그러고 보니 저는 계절이란 말을 참 좋아하는 것 같아요. 실제로 가사에도 계절이란 단어를 자주 쓰고요. 아마도 시간의 흐름과 계절의 변화를 느끼는 게 저에겐 무척 중요한 일인가봅니다. 계절에 따라 감정과 기분이 어떻게 달라지는지 지켜보는 일, 그것이 저는 참 즐겁습니다.

9월

그을린 여름이 아직
가시지 않은 것 같은데
9월이 왔어
새 학기가 시작되면서
하나둘 떠오르는 가을의
이야기 속에
우리 옷은 점점 짙어져가고
우리 사랑도 짙어가고
무언가 약속받고 싶던
손 놓기 싫었던 그 9월이 왔어
나도 모르게 익숙해져간
홀가분한 나의 계절이
마냥 싫진 않아
묘한 기대감들이 아직도 나를
늘 설레게 하는 9월이

지난여름 여행 얘기와

까맣게 그을린 웃음에

날은 저물어

찌르르 귀뚜라미 지켜보던

우리 입맞춤의 그 밤에

바래다주고 오던 길이

너무 흐뭇한 그 9월이 왔어

나도 모르게 익숙해져간

홀가분한 나의 계절이

마냥 싫진 않아

묘한 기대감들이 아직도 나를

늘 설레게 하는 9월이

◉ 9집 [그늘] (2001)

그저
노래가 좋아
부르다

저는 스무 살이 되기 전까지는 꿈이 없었어요. 특별히 하고 싶은 것도 되고 싶은 것도 없었습니다. 뭐 어떻게든 되겠지, 하는 마인드였달까요. 무사히 대입을 넘기자는 생각을 했던 것 같기는 한데, 그렇다고 또 공부를 열심히 한 건 아니었죠. 공부를 잘한 것도 아니고 못한 것도 아닌, 제대로 논 것도 아니고 놀지 않은 것도 아닌, 여러모로 좀 어중간한 학생이었어요.

　돌이켜보면 저는 저의 청소년기가 썩 마음에 들지 않아요. 나는 뭘 했던 놈이었을까, 싶은 생각이 앞서거든요. 고등학교 때부터 밴드를 하긴 했는데 열정이 있었던 건 아니었고요. 음악을 하는 게 재미있긴 했지만 이걸 직업으로 삼겠다는 생각은 전혀 없었죠. 배짱이 없었던 것 같아요. 인생의 간을 보는 애였던 거죠.

그렇게 이도 저도 아닌 상태로 떠밀리듯 대학을 갔으니 공부가 재밌을 리가 있나요. 술만 마셨어요. 원했던 학교가 아니었던 터라 처음엔 자퇴나 재수를 생각했고, 저 같은 친구들, 그러니까 공부를 거의 포기한 친구들끼리 모여서 부어라 마셔라 하면서 낭만을 즐겼죠. 진짜 재미있긴 했는데, 덕분에 1학년 두 학기 내내 올 F가 나왔고요.

2학년 1학기 때는 그래도 제법 공부를 열심히 했어요. 왜냐하면 한 번 더 학사 경고를 받으면 제적이어서 뭐라도 하지 않을 수가 없었거든요. 하지만 나름 한다고 했는데도 성적은 역시나 안 좋더라고요. 그때 학점을 지금도 기억해요. '1.79'. 출석도 하고, 리포트도 쓰고, 시험도 다 봤는데도 성적이 그 모양이었던 거예요. 그때 확실히 알았어요. 나는 공부 쪽은 아니라는 걸. 어떻게든 노력해서 성적을 올린다 해도 그게 나한테는 별 의미가 없을 거라는 걸.

그즈음 기타를 치면서 곡을 쓰기 시작했어요. 주변에 별로 놀 데가 없어서 그랬는지 혼자 있을 때마다 뭔가를 계속 읊조리고 끄적이게 되더라고요. 내가 작곡을 할 수 있다는 걸 그때 알게 됐죠. 다른 사람에게 들려주기엔 민망한 수준이었기 때문에 대부분 혼자 쓰고 혼자 들었어요. 스스로 생각하기에 그리 대단한 재능은 아니었고 그냥 재밌으니까 하는 것뿐이었죠.

그러던 어느 날 원주 MBC에서 가요제를 연다는 소식을 전해들었어요. 이제 신검 받고 군대 가야지 하던 차였는데 신의 계시처럼 기회가 생기더라고요. 저는 노래하는 걸 워낙 좋아했던 터라 즐거운 마음으로 참가했고, 운이 좋게도 금상을 받았어요. 그리고 얼마 뒤에 015B 정석원 형을 만나서 오디션을 보게 됐죠.

같은 과 동기였던 친구의 여자친구의 친구가 015B 멤버들과 아는 사이였는데, "너 '무한궤도' 알아?" 하면서 다리를 놔준 거였어요. 잘 아는 사이는 아니고 몇 다리 건너서 아는 사이였는데 어찌어찌 연결이 된 거죠. 그때 오디션이 있다는 얘기를 듣자마자 이 기회를 놓쳐서는 안 된다는 촉이 왔어요. 내가 원치 않는 공부에서 탈출할 수 있는 길은 이것뿐이다! 싶었거든요.

다행히 정석원 형은 제 목소리를 좋아해줬고, 곧바로 곡연습을 시작했어요. 그때가 겨울이었는데 형이랑 온종일 붙어서 연습했던 기억이 나요. 소리지를 데가 없으니까 이불속에서 연습하고, 그 당시 형이 다녔던 학교 학생식당에서도 연습했죠. 피아노가 그 식당 안에 있었거든요. 사람들이 옆에서 밥먹고 있는데 시끄럽게 "내 곁에 머물러줘~" 하면서 노래했던 거예요. 그 노래가 바로 제 데뷔곡인 〈텅 빈 거리에서〉였어요. 그렇게 가수가 된 거죠.

저는 가수가 된 다음에야 가수를 꿈꾸기 시작했어요. 꿈이 없다가 길이 보이기 시작하니까 내 꿈은 이거야, 하고 선택한 거죠. 어렸을 때는 꿈이 없어도 된다고 저는 생각해요. 그래서 하고 싶은 게 뭔지 모르겠다고 고민하는 친구들에게도 꿈은 없어도 된다고 과감히 조언하고요.

물론 나는 언제쯤 하고 싶은 게 생길까 궁금해하면서 가만히 앉아 있어선 안 돼요. 적어도 촉은 세우고 있어야 하죠. 내가 정확히 뭘 하고 싶은지는 몰라도, 내가 끌리는 쪽을 향해서 부지런히 움직여야 해요. 목적 없는 공부가 아닌, 내가 좋아하고 끌리는 게 뭔지를 알아가는 공부를 하면서.

꿈을 가지라는 주변의 강요에 흔들리지 말았으면 좋겠어요. 겪어보지도 않고 떠밀리듯 꿈을 결정해버리는 실수는 하지 않았으면 좋겠어요. 모든 사람이 처음부터 자기 자신에 대해 잘 알 수는 없거든요. 탐색과 경험과 시행착오의 시간이 반드시 필요하죠. 꿈은 내가 원하는 게 무엇인지 확실히 알게 된 다음에, 내가 들어선 이 길에 확신이 생긴 다음에 정해도 늦지 않습니다.

나의 이십대

그리 되고 싶었던 스물을 넘길 땐

꽤 많은 꿈들 중에

어느 것을 이뤄야 할지 몰랐네

사랑 알게 되면서 노래를 만들고

어느새 그 노랠 매일 부르는

일을 하게 되었지

사람들은 다행히 내 노랠 좋아해주었고

내 꿈을 택하게 해주었지

난 서슴없이 예전 나의 얘기들을

즐기며 쓰기 시작했고

그렇게 잊으려고 했었던 지난날은

이젠 기억해내야만 하는

비싼 시간이 되었네

가끔은 그럴듯해 보이는 얘기들을

밤을 지새우며 만들어

뿌듯한 듯 웃음 지었던

서글픈 나의 이십대

스무 살을 바로 접어들 때 한 친구 떠나가며

우정과 생명을 깨닫게 해주었고

몇 해 뒤 그제서야 사랑 알게 됐던

뭐든지 조금씩 늦었던 시절

유난히도 좋은 사람들이 함께 있어

든든해했었던

운좋은 후회할 수만은 없는 시간들

그저 노래가 좋아 부르다

남들보다 늦게 떠나기에

조금은 이르게 뒤돌아보는 소중한

나의 이십대

◉ 6집 [육 년] (1996)

주름 깊은 곳엔
뭐가 담길지
궁금하지 않니

제가 '작사가 윤종신'이 되기까지 영향을 준 사람이 셋 있는데요, 바로 박주연 누나, 신해철 형, 그리고 정석원 형입니다. 그들은 저보다 앞서 '가사'라는 창작물을 통해 세상과 소통하는 법을 배운 사람들이었고, 저는 그들 가까이에서 그들이 어떤 생각을 하고 어떤 말을 하고 어떤 이야기를 만드는지 지켜보면서 자연스럽게 가사 쓰는 법을 배웠어요.

박주연 누나에게선 '가사는 이야기'라는 중요한 개념을 배웠습니다. 누나는 제 첫번째 히트곡 〈너의 결혼식〉을 썼는데, 그 작업을 통해서 슬프고 그립고 분한 마음을 단순히 '슬프다' '그립다' '분하다'라고 표현하면 안 된다는 걸 알았죠. '몰랐었어. 니가 그렇게 예쁜 줄'이라는 첫 줄을 보자마자 '와, 진짜 이 누나가 소설을 쓰는구나' 하고 놀랐던 기억이 나요. 내가 느끼는 생각이나 감정을 일차원적으로 드러내기보다는 어떤 구체적인 상황과 이야기를 만들어서 전달하는 게 훨씬 더 효과적이라는 걸 그때 깨달았죠.

신해철 형으로부터는 대중과 소통하는 방법에 대해 배웠어요. 형은 사람들에게 어떻게 말해야 하는지 아는 사람이었거든요. 사람을 대하는 게 너무나 능수능란하고 비상해서 우리 모두 형을 '악마'라고 부르곤 했죠. 워낙 달변가였으니까요. 형의 그 입담은 가사에서도 잘 드러나는데요, 〈안녕〉이나 〈아버지와 나〉 같은 곡은 지금 봐도 정말 기가 막히거든요. 어떻게 스물세 살, 스물네 살 때 그런 가사를 쓸 수 있었는지 지금도 놀라워요. 물론 나중에 쓴 것들과 비교해보면 조금 치기 어린 느낌도 없지는 않지만, 치기 어리든 무르익든 천재는 천재라는 걸 알 수 있는 작업들이죠.

정석원 형으로부터는 발상의 전환을 배웠어요. 형에게는 작사하는 방법을 배웠다기보다는 생각하는 방법을 배웠다고 표현하는 게 정확할 것 같아요. 제가 남들이 안 하는 것에 답이 있다고 생각하고, 사람들이 우르르 몰려가는 방향을 피하게 된 건 형의 영향이 지대했죠. 형 덕분에 일종의 비주류 근성을 갖게 되었달까요. 저는 지금도 발상의 전환이야말로 모든 창작의 핵심이라고 생각해요. 여기서 흔히 말하는 '업자'와 '아티스트'가 나뉘는 거니까요. 남들과는 다른 생각을 해야 독자적인 아티스트가 될 수 있죠. 사람들이 좋아할 만한 것을 따라서 만드는 게 아니라 내가 좋아하는 것을 뚝심 있게 만들 수 있는 그런 사람이요.

제가 본격적으로 제 이야기를 가사에 담기 시작한 건 4집 [공존](1995) 앨범 때부터였어요. 좀더 내밀하고 심화된 사랑 이야기였죠. 그때 한참 연애하고 이별하던 때여서 자연스럽게 사랑 얘기를 쓰게 된 것 같아요. 〈내 사랑 못난이〉〈부디〉〈널 지워버리기엔〉 같은 곡들이 모두 그때 만들어졌거든요.

물론 처음엔 투박하고 촌스러웠어요. 내가 잘 못 썼다는 걸 스스로도 부정할 수 없을 만큼 부족한 가사가 많았죠. 하지만 어찌된 일인지 그런 가사도 좋게 봐주시는 분들이 많았고, 그렇게 많은 분들이 좋아해주시니까 신이 나서 계속 쓸 수 있었어요. 자꾸 쓰다보니 가사를 쓰는 기술이랄까 기법 같은 게 점점 늘었고요. 물론 마음에 드는 가사를 쓰기까지는 꽤 오랜 시간이 필요했지만요.

지금 생각해보면, 저는 참 운이 좋았던 것 같아요. 시작부터 대한민국에서 가장 창의적인 사람들과 어울렸으니까요. 내가 어떻게 이런 사람들과 교류할 수 있었던 건지 아직도 얼떨떨하고 신기하고 감사해요. 저는 지금도 이들과 같은 소속사에서 음악을 시작했던 게 제 음악 인생에서 가장 특별했던 천운이라고 생각하는데요, 저보다 몇 배, 아니 몇십 배는 앞서 있었던 이 천재들을 보면서 늘 제가 부족하다는 걸 느꼈고, 어떻게든 저를 그들과 비슷한 높이로 끌어올려보려고 애썼거든요. 저처럼 감이 늦고 더딘 사람에게는 정말이지 축복 같은 환경이었던 거죠.

박주연 누나, 신해철 형, 그리고 정석원 형. 당신들을 만나지 못했다면, 당신들과 어울리지 못했다면, 지금의 저는 없었을 거예요. 당신들 덕분에 저는 창작자로 성장할 수 있었습니다. 당신들은 저의 대학이었고, 수업이었고, 스승이었습니다.

Slow Starter

다 그랬어 다 뭐든지 늦었어

뭐든 빨리 깨닫지 못했던 나

너의 소중함들도 내게 온

그 기회들도 그땐 바보처럼

앞서가던 그 친구들의

뒷모습은 내게 거대한 그늘로

애써 따라가려던 버거웠던

그 몸부림 속에

나도 모르게 좁혀지던 그 거리는

난 아니라고 타고난 게 없다고

가진 게 없는 나라고 매일 부르던 노래

너무 부족하다고 매일 메꾸려 했던

그 팔에 흐르던 땀은

증발하지 않아 차곡차곡

내 빈틈에 이야기들로 차 난 이제서야

두려웠어 뭐든 안될 때

이것저것 핑계만을 떠올릴 때

나를 바라보는 눈

남의 눈에 나를 맞추려던

길었던 날들 거쳐야 했던 그날들

난 아니라고 타고난 게 없다고

가진 게 없는 나라고 매일 부르던 노래

너무 부족하다고 매일 메꾸려 했던

그 팔에 흐르던 땀은

증발하지 않아 차곡차곡

내 빈틈에 이야기들로 차 난 이제서야

좁은 가슴들이 던졌던

그 원망들과 쉬웠던 외면

다행히도 늦지 않아서

포기하지 마 아프면 아픈 얘기

그 모든 순간순간 나만의 이야기야

멈추려 하지 마

분명 날아오를 기회가 와 좀 늦더라도

내 눈가의 주름 깊은 곳엔 뭐가 담길지

궁금하지 않니 답은 조금 미룬 채

지금은 조금 더 부딪혀봐

◉ [월간 윤종신] 2018년 1월호

정해진 걸까
내 일 그리고
내 길

삼십대는 불안한 시기입니다. 아예 모르면 괜찮을 텐데 뭔가를 좀 알게 됐기 때문에 더욱더 불안해지는 시기죠. 지금 여기서 잘못되면 끝이라는 압박 때문에 필사적이고, 지금 이 기회를 무조건 움켜쥐어야 한다는 강박 때문에 고통스럽습니다. 삼십대를 치열하게 보내야 남은 인생에서 고생하지 않는다는 암묵적인 분위기 때문에 마음고생도 심하고, 이제 더는 어리지 않다는, 누구도 봐주지 않는다는, 진짜 어른이 되어야 한다는 자각 때문에 어깨도 무겁습니다.

인간관계가 쉽게 틀어지는 것도 삼십대입니다. 그동안 서로를 잘 안다고 생각했는데, 우리는 친하니까 서로를 진정으로 이해할 수 있다고 생각했는데, 실제로는 그렇지 않다는 걸 깨닫게 되는 시기죠. 이제껏 쌓아온 서로에 대한 정보를 바탕으로 나름대로 이런저런 노력을 해보지만, 각자 나이를 먹어가면서 단단해진 가치관이 부딪히는 건 피할 수가 없습니다. 그 과정에서 실언도 하고, 다투기도 하고, 배신도 하죠. 나만의 방식, 나만의 스타일, 나만의 무언가가 확립되었다고 착각하면서 나와는 다른 사람들, 나보다 무모해 보이는 사람들, 나보다 가시적인 성과가 없는 사람들을 자연스레 낮춰 보고 안쓰러워하기도 합니다.

저의 삼십대는 성공에 대한 압박으로 가득했어요. 주위에 자신감과 돈을 거머쥔 야심 있는 친구들이 많았고, 그런 친구들을 볼 때마다 나도 돈을 벌어야 한다는 강박을 느꼈죠. 흔히 말하는 눈에 보이는 성공을 하고 싶었던 거예요. 사십대에 초라하게 살면 안 된다는 생각, 그리고 이제 어른이 되었으니 결혼도 하고 자리도 잡아야 한다는 생각까지 더해져 마음이 무거웠죠. 90년대에 벌었던 돈은 이미 다 잃은 지 오래였고, 다행히 라디오 디제이를 해서 고정적인 수입은 있었지만 그것도 안정적인 건 아니었어요. 그 당시 응봉동 아파트에 혼자 살았는데, 일을 끝내고 집으로 돌아가면 날 맞아주는 건 회색 대문뿐이었죠. 정말 외롭고 암울했습니다.

하지만 돌이켜보면 저는 그 와중에도 이런저런 모험을

많이 했던 것 같아요. 계획적이었던 건 아니고 기질이나 성격이 가만히 있지를 못하는 편이라 이것저것 해보지 않고는 못 배기겠더라고요. 음반이 잘 안 팔리기 시작하니까 어떻게든 활동 영역을 넓혀보려 했고, 그래서 영화음악도 해보고 예능 활동도 해보면서 스스로를 시험했어요. 기회가 닿는 대로 나를 내던지면서 어떻게 되나 보자는 식이었죠. 그러자 생각지도 않았던 방향으로 길이 생겼고요.

모든 삼십대에게는 밑이 뻥 뚫린 가방이 주어지는 것 같아요. 우리는 나만의 가방이 생겼단 사실에 신이 나서 뭐든 열심히 담아보려 하지만, 가방은 좀처럼 묵직해지질 않죠. 아무리 생각해봐도 헛일 같고 삽질 같고 시간 낭비 같아서 그냥 포기해버리고 싶을 때가 한두 번이 아닐 거예요. 실망하고 좌절하는 것도 지긋지긋해서 나중에는 내게 이런 가방이 있었다는 사실조차 잊어버릴 테고요.

하지만 이 가방에 담긴 건 먼 훗날 보일 거예요. 삼십대가 아니라 사십대에, 어쩌면 저처럼 사십대를 지나 오십대에 접어들 무렵에요. 분명히 텅 비어 있던 가방인데, 아무것도 없었던 가방인데 그렇지 않더라고요. 뭔가를 담으려 했던 그 모든 시도와 노력이 정말 하나도 빠짐없이 차곡차곡 쌓여 있더라고요.

혹시 이 글을 읽고 계신 분들 가운데 삼십대가 있다면,

너무 불안해하지 말라고 얘기해주고 싶어요. 자꾸 돌아보지 않아도 된다고, 자꾸 확인받지 않아도 괜찮다고 얘기해주고 싶어요. 결코 쉽진 않겠지만 아니 많이 어렵겠지만, 자신을 믿고 계속 꾸준히 걸어갔으면 좋겠어요. 발이 닿는 곳이면 어디든 주저 말고 가봤으면 좋겠어요. 가방 안에 내 시간과 경험을 차곡차곡 쌓는다는 생각으로요.

서른 너머… 집으로 가는 길

아 날씨 좋다

한 손엔 가방이 들려져 있어

다른 한 손엔 열쇠들

자꾸만 담으려 하는 마음과

뭐든지 열어보려 해

다가올 날이 뭐 그렇게 두려운지

발걸음은 꽤나 길을 재촉해

보람은 잠깐 짧은 한숨에 묻고

또다른 걱정을 사려 하네

이뤄진 꿈도 섣부른 나태라고

오랜 나의 피곤함도 잊게 하네

무심코 뱉는 말은 잦아지고

미안함도 짧아지고

이젠 세상과 같이 흐를 줄 알고

무모함을 안쓰러워하지만

이제는 다시 찾지 못할 내 버릇

무작정 떠나버리곤 했던

정해진 걸까 내 일 그리고 내 길

눈에 익은 불빛 서서히 켜진다

이제는 다시 찾지 못할 내 버릇

무작정 떠나버리곤 했던

정해진 걸까 내 일 그리고 내 길

눈에 익은 회색 대문이 반갑다

◉ 10집 [Behind The Smile] (2005)

아직
늦지 않은
바로잡을

저는 올해로 쉰 살이 되었습니다. 나이의 앞자리가 바뀌어 이제 오십대가 된 거죠.

이제는 좀 편하게 누리면서 살고 싶다는 생각이 듭니다. 지금까지 참 열심히 일했으니까, 눈코 뜰 새 없이 바쁘게 살아왔으니까, 이제는 그래도 되지 않나 싶어요. 제 주변의 또래 친구들도 모두 저와 비슷한 생각을 하는 것 같은데요, 만나서 이야기를 나눠보면 그때그때 내용이 조금씩 다르긴 하지만, 어쨌든 '앞으로 어떻게 누리고 살 것인지'에 대해 고심하는 눈치들이죠.

하지만 다른 한편으로는 그래서는 안 되겠다는 생각이

들기도 합니다. 이 나이가 되어보니 이제껏 함께해온 사람만 중요한 게 아니라 앞으로 함께할 사람들 또한 중요하다는 걸 알게 되었거든요. 젊었을 때는 누군가를 배려한다는 건 사치 같았습니다. 무조건 이겨야 한다고, 그래야 더 가질 수 있다고 배웠고, 어떻게든 이기기 위해서, 어떻게든 더 갖기 위해서 아득바득 살기 바빴죠. 내가 더 가지는 게 진정한 의미의 '승리'가 아닐 수도 있다는 생각은 해볼 수도 없었어요. 왜냐하면 그때 내 머릿속에는 '나'만 있었지 '우리'는 없었으니까요.

앞으로도 계속 '우리'가 아닌 '나'를 고집한다면, 아마도 저는 머지않아 편안한 의자에 앉아서 조언이나 일삼는 원로가 될 겁니다. 무척 한가롭고 편할 거예요. 하지만 떳떳하지는 않겠죠. 스스로를 참 별로라고 여기면서, 스스로를 결코 좋아하지 못하면서 살아가게 될 겁니다.

이제는 누려보자 싶을 때, 이제는 편해지자 싶을 때 양보하는 것. 더 나은 사람이 되는 방법이란, 더 나은 어른이 되는 방법이란 그런 게 아닐까요. '내가 오랫동안 고생했으니까 누려야지'가 아니라 '내가 오랫동안 고생해서 잘살게 되었으니까 배려해야지'로 생각의 방향을 조금 틀어보는 거죠. 물론 말처럼 쉽지는 않겠지만요.

저의 남은 시간은 살아온 사람을 위한 삶이 아닌 살아갈 사람들을 위한 삶으로 채우고 싶습니다. 살아온 사람으로서 먼저 양보하고 배려해서 살아갈 사람들에게 새로운 기회와 경험을 만들어주고 싶어요. 내가 아닌 우리가 되어서 함께 어울리고 나누고 싶어요. 살아온 사람만 누리는 행복이란 진짜 행복이 아니잖아요. 그건 반쪽짜리 행복이죠.

○
살아온 자 살아갈 자
○

난 노련해

실수는 이미 다 볼 거 안 볼 거 다 봤어

치기 어린 실험은

Don't do that

의지해 Just experience

난 알아 니 불만

다 싹 썩어버린 듯

니 앞길 걸림돌 꼰대르비아 잘났어

나도 그랬었어

뭣도 모를 때 그랬어

고생 더 해봐

이제 알 만한데

니가 뭘 아는데

내가 느꼈던 처절했던 그 스토리

그냥 좀 따라와 닥치고 배워봐

넌 꿈도 못 꿀 그 시절의 My history

솔직하게 우리가 뭘 했지

너흴 위해 한 게 없어

나 살려고 배려는

Don't do that

달렸어 Just success

난 알아 니 불만 다 싹 썩어버린 듯

니 앞길 걸림돌 꼰대르비아 잘났어

나도 그랬었어

뭣도 모를 때 그랬어

진짜 그랬어

이제 알 만한데 바꿔야겠는데

뼛속 깊숙이 배어버린 그 스토리

조금 더 믿어봐 우리가 도울게

아직 늦지 않은 바로잡을 My history

Oh Break it Oh Break it

Oh Break it Oh Break it

Repair it Repair it

Repair it Repair it

Oh Change it Now Change it

Oh Change it Now Change it

Believe it Believe it

Believe it Believe it

이제 알 만한데

니가 뭘 아는데

내가 느꼈던 처절했던 그 스토리

그냥 좀 따라와 닥치고 배워봐

넌 꿈도 못 꿀 그 시절의 My history

이제 알 만한데 바꿔야겠는데

뼛속 깊숙이 배어버린 그 스토리

조금 더 믿어봐 우리가 도울게

아직 늦지 않은 바로잡을 My history

◎ [월간 윤종신] 2017년 4월호

기어코
행복하게
해준다

2007년 무렵 개인적으로 조금 힘든 일이 있었습니다. 지금으로부터 10년 전이니 그때 저는 마흔이었는데, 사십대에 접어들었음에도 여전히 실수투성이여서 골치도 아프고 마음고생도 심했죠.

지금 돌이켜보면 제가 성숙하지 못했기 때문에 벌어진 일이라는 생각이 들어요. 좀더 신중했더라면, 여러 각도에서 생각해보고 판단했더라면 좋았을 텐데 하는 아쉬움이 남죠. 주변 사람들 모두가, 심지어 가까운 지인들까지도 제 실수를 지적하고 탓하는 분위기였으니까요.

그때 잘잘못을 따지지 않고, 옳고 그름을 가르지 않고,

무조건 내 편이 되어준 한 사람이 있었습니다. 바로 제 아내 전미라씨죠.

아내는 단 한 번도 당신 생각이 짧았다고, 당신이 실수한 거라고, 당신이 잘못한 거라고 말하지 않았습니다. 오히려 당신은 아무 잘못이 없다고, 잘못하기는커녕 잘했다고 제 편을 들어주었죠. 아내는 제가 억울해하면서 펄쩍펄쩍 뛰던 모습도, 상황을 받아들이면서 잔뜩 주눅들어 있던 모습도, 시간이 흐르고 객관적인 입장이 되어 반성하던 모습도 모두 가장 가까이에서 지켜봐주었어요. 그리고 항상 저를 응원해주었습니다. 제가 어떤 모습이든 어떤 입장이든 어떤 마음이든 한결같이 저를 믿어주었어요.

그때 생각했습니다. 아, 이 사람은 무조건 내 편이구나. 내가 무슨 실수를 하더라도, 설사 내가 큰 잘못을 저지르더라도 내 편이 되어줄 사람이구나. 나는 감사하게도 맹목적으로 내 편이 되어줄 수 있는 사람을 만났구나.

이건 비단 제 얘기만은 아닐 겁니다. 마흔은 누구나 크고 작은 부침을 겪는 나이니까요. 열심히 해보려 했던 게 생각지 못했던 실수로 이어지고, 실수를 만회하려 했던 게 더 큰 사고로 이어지죠. 더는 어리지 않으니 내가 저지른 실수와 사고는 모두 내가 감당해야 하고, 그 과정에서 필연적으로 깊은 자괴감과 무거운 외로움을 경험할 수밖에 없습니다. 그리고 결정적으로 눈물이 많아져요. 남자들도 많이 웁니다. 참 많이 울어요.

제가 울었을 때 아내는 당황하지 않았습니다. 막 씻고 나와서 침대에 누웠는데 갑자기 모든 게 힘겹게 느껴져 울컥했던 밤이었죠. 아내는 먼저 잠이 들었는지 등을 돌린 채 누워 있었고, 저는 속상해하는 모습은 아내에게 보이고 싶지 않아서 반대쪽으로 누웠어요. 하지만 그때 저는 알고 있었어요, 아내가 잠든 게 아니라는 걸요. 사실은 깨어 있으면서 그냥 모른 척 다른 곳을 바라봐주는 것이라는 걸요. 먼저 등을 보임으로써, 아무 말도 하지 않음으로써, 나를 배려하고 위로하고 응원하는 것이라는 걸요.

덕분에 저는 다시 한번 힘을 낼 수 있었습니다. 그리고 아내가 참 현명한 사람이라는 것을, 저보다도 훨씬 더 단단하고 강인한 사람이라는 것을 새삼 깨달았습니다. 그래서 제가 의지할 수 있고 의지해야 하는 단 한 사람이라는 것을요.

○
그대 없이는 못 살아
○

세상이 버거워서 나 힘없이 걷는 밤

저멀리 한 사람 날 기다리네

아무도 나를 찾지 않아도

나를 믿지 않아도

이 사람은 내가 좋대

늘어진 내 어깨가 뭐가 그리 편한지

기대어 자기 하루 일 얘기하네

꼭 내가 들어야 하는 얘기

적어도 이 사람에게만큼은

난 중요한 사람

나 깨달아요 그대 없이 못 살아

멀리서 내 지친 발걸음을 보아도

모른 척 수다로 가려주는

그대란 사람이 내게 없다면

이미 모두 다 포기했겠지

나 고마워요 그대밖에 없잖아

나도 싫어하는 날 사랑해줘서

이렇게 노래의 힘을 빌어
한번 말해본다
기어코
행복하게 해준다

나 깨달아요 그대 없이 못 살아
지지리 못난 내 눈물을 보아도
뒤돌아 곤히 잠든 척하는
그대란 사람이 내게 없다면
이미 모두 다 포기했겠지
나 고마워요 그대밖에 없잖아
나도 싫어하는 날 사랑해줘서
이렇게 노래의 힘을 빌어
한번 말해본다
기어코
행복하게 해준다

◉ [월간 윤종신] 2010년 10월호

너에게
듣고 싶은
너의 생각

저는 이 세상에서 가족보다 중요한 건 없다고 생각하는 사람은 아닙니다. 가족이 제 인생에서 가장 중요한 부분 중 하나라는 사실에는 의심의 여지가 없지만, 사실 가족보다는 저 자신이, 전체보다는 개인이 더 중요하다고 생각하는 쪽이죠. 가족이란 구성원 개개인이 더 나은 존재가 되기 위해 모여 있는 곳이자 자신의 필요에 따라 잠시 머무르는 곳이라고 생각한달까요.

물론 그게 말처럼 쉽지는 않습니다. 특히 우리나라에서는 그렇게 쿨한 가족이 된다는 건 거의 꿈에 가까운 일이죠. 부모는 자식에게 자신의 모든 것을 쏟아부었기에 그에 합당

한 보상을 받기를 원하고, 자식은 부모가 나를 위해 인생을 바쳤다는 걸 알기에 부모의 뜻을 거스를 수가 없잖아요. 부모든 자식이든 서로에 대한 희생과 헌신으로부터 자유로울 수가 없는 거죠.

제가 가족을 애써 느슨한 공동체로 바라보려고 노력하는 건 아마도 그게 실재할 수 없는 그림이라는 걸 잘 알기 때문일 겁니다. 그러니까 이건 제가 바라는 이상 같은 것이죠.

저는 아이들 때문에 희생하는 부모는 되고 싶지 않습니다. 제 아이들 역시 부모에게 종속되지 않기를 바라고요. '윤종신'과 '전미라'가 누구의 아버지나 어머니이기 이전에 각자 소중한 개인인 것처럼 제 아이들 역시 누구의 아들딸이 아닌, 각각의 소중한 개인으로 성장하기를 바랍니다. 좋은 자식이기보다는 좋은 개인으로요.

누군가의 아들딸이라는 굴레에 갇히지 않으려면 내 삶의 이유를 부모가 아닌 자기 자신에게서 찾아야 합니다. 나만의 행복은 무엇이고 그 행복을 위해서 내가 어떤 노력을 해야 하는지 확실히 알아야만 하죠. 그래야 나를 사랑할 줄 아는 건강한 개인으로 살아갈 수 있을 테니까요.

하지만 이 사실을 아이들에게 가르쳐주는 건 쉽지 않습니다. "애들아, 엄마 아빠가 아니라 너희들 각자의 기준이 중요한 거야. 너희들 각자의 생각과 판단이 중요한 거야"라는 식으로 기회가 될 때마다 얘기해보지만, 아이들은 그닥 공감하는 것 같지는 않거든요. 아직 초등학생인 저희 아이들에게는 이런 말에 귀기울이는 것보단 아이돌 춤을 따라하거나 게임을 하는 게 훨씬 더 중요하니까요.

그래서 요즘 저는 가르치려 하기보다는 보여주려 합니다. 가르치다보면 자꾸 제 기준을 정답이라고 주장하게 되고, 저도 모르는 사이에 지시하고 훈계하게 되어서 마음도 편치 않거든요.

지금 제가 할 수 있는 건 아이들에게 아빠가 열심히 제 일에 집중하는 모습을 보여주는 게 아닐까 싶어요. 아이들이 공부하다가 문득 고개를 들었을 때 자기를 감시하는 부모가 아닌, 자기 공부에 몰두한 부모를 보여주고 싶은 거죠. 매월 새로운 곡을 쓰고 매주 방송을 하는 것에서 보람을 느끼는 사람, 그 보람을 위해 날마다 최선을 다하는 사람이 아빠라는 걸 보여주고 싶어요. 아이들을 앉혀놓고 이건 이렇게 하고 저건 저렇게 하라고 다그치는 아빠가 아닌, 이렇게 살아보니까 참 행복한 것 같다고 몸소 보여줄 수 있는 아빠가 되고 싶어요. 그러면 언젠가 아이들도 알게 되지 않을까요, 그때 아빠가 무슨 말을 하고 싶었던 건지.

저는 제 아이들이 자신을 진정으로 행복하게 하는 게 무엇인지 알고, 그것을 위해 최선을 다하는 삶을 살았으면 좋겠어요. 자기 자신을 위해 살아가는 개인이 되는 것. 제가 아이들에게 바라는 건 그것뿐입니다.

O My Baby

내 손가락 움켜쥐던 게

니가 내게 했던 첫인사인 것 같아

힘든 하루 엄마가 된 너의 엄마와

난 그득히 고인 눈물이 첫인사

우연일지 모를 파파에

날 부르는 거라고 우기던 가슴이

밤새 아파 울음 그치지 않는 날은

한없이 한없이 타들어가고

O my baby 놀라운 세상

내가 바꾸어진 하루

너 우리에게 온 날부터

O my baby I love you

맘껏 기지개를 펴

너의 걸어가야 할 길은

힘들 때도 있지만 그래도 아름다워

뒤뚱뒤뚱 나에게 온다

조그마한 발바닥이 너를 옮긴다

안기려고 팔을 뻗는 너의 숨소리

한없이 한없이 행복 속으로

O my baby 놀라운 세상

내가 바뀌어진 하루

너 우리에게 온 날부터

O my baby I love you

맘껏 기지개를 펴

너의 걸어가야 할 길은

힘들 때도 있지만 그래도 아름다워

이 멜로디 니가 따라할 때쯤엔

애기 나눌 수 있겠지

너에게 듣고 싶은 너의 생각

또 너의 세상

또다른 사랑 내게 가르쳐준

O my baby 널 사랑해

또다른 기적 또다른 선물

O my baby 널 사랑해

⊙ 11집 [동네 한 바퀴] (2008)

그대 알던 소녀는
사라져 세상
숲으로 가요

영화 〈미라클 벨리에〉(2014)의 주인공 폴라의 고민을 좀 투박하게 요약하자면 다음과 같습니다. '당신은 당신의 꿈과 가족 중 하나를 골라야 하는 상황에서 어떤 선택을 할 것인가? 당신은 꿈을 이루기 위해 가족을 떠날 수 있는가? 당신은 가족을 지키기 위해 꿈을 포기할 수 있는가?'

영화는 노래에 재능이 있다는 것을 알게 된 소녀 폴라와 듣지도 말하지도 못하는 그녀의 가족을 그리는데요. 가족 중 유일하게 듣고 말할 줄 아는 폴라는 그동안 세상과 가족을 잇는 가교 역할을 해왔던 터라 가족을 떠나는 게 쉽지 않습니다. 평생을 엄마와 아빠와 남동생의 입과 귀로 살아왔기에 가족을 떠난다는 건 있을 수 없는 일이고 있어서도 안 되는 일이죠.

폴라는 알고 있습니다. 꿈을 이루기 위해서는 가족의 곁을 떠나야만 한다는 것을요. 그리고 이제 더는 머뭇거릴 시간이 없다는 것을요. 하지만 자신이 떠났을 때 가족이 어떻게 살아갈지 가늠이 되질 않기에 도무지 발길이 떨어지지 않습니다. 꿈과 가족 중 무엇이 더 중요한지를 묻는 잔인한 질문 앞에서 어떠한 결정도 내릴 수가 없어요. 꿈을 선택하면 가족에게 죄스러울 테고, 가족을 선택한다면 자기 자신에게 죄스러울 테니까요.

저는 영화를 보는 내내 폴라의 꿈을 응원했습니다. 그 누구든 폴라와 같은 상황에 놓인다면, 가족이 아닌 꿈을 선택해야 한다고, 꿈을 위해 비상해야 한다고 생각하는 사람이니까요.

물론 그게 모두의 정답일 수는 없을 겁니다. 누군가에겐 자신의 꿈을 이루는 것보다 가족을 돌보는 것이 훨씬 더 중요할 거예요. 어쩌면 이 세상에는 '꿈'보다는 '가족'의 손을 들어줄 사람이 더 많지 않을까 싶기도 하고요. 솔직히 이렇게 자신 있게 꿈이 더 중요하다고 주장하는 저도 막상 '폴라'처럼 양자택일의 상황에 놓인다면, 과연 가족을 포기할 수 있을까 하는 의문이 들기도 합니다. 현실과 이상은 또 다르니까요.

하지만 저는 적어도 제 아이들만큼은 가족보다는 꿈을 위해서 날개를 활짝 펼칠 수 있는 사람이 되었으면 좋겠습니다. 제 아이들은 가족 때문에 주저하거나 안주하는 일 없이 꿈을 향해서 훨훨 날아갈 수 있는 사람이 되었으면 좋겠어요. 누구의 눈치도 보지 않고 꿈을 좇아가겠습니다, 하고 당당히 선언할 수 있는 그런 사람이요. 너무 매정해서 저와 제 아내를 섭섭하게 해도 좋으니 뭉그적거리기보단 날렵했으면 좋겠어요. 옹골차고 다부지게 자랐으면 좋겠어요.

그리고 저는 아이들의 비상을 위해서 먼저 떠나라고 말할 수 있는 부모가 되고 싶습니다. 품안에서 놓지 않으려는 부모가 아닌, 먼저 과감하게 밀어낼 수 있는 부모가 되고 싶어요. 자식을 떠나보내야 할 때를 먼저 알고 불안감보다는 기대감에 집중할 수 있는, 이별도 쿨하게 받아들일 수 있는 부모요. 이 영화를 보면서 아이의 '용기'만큼이나 부모의 '대담함'이 얼마나 중요한 것인지를 새삼 깨달았거든요. 부모가 먼저 놓아주지 않았다면, 폴라는 결국 꿈을 향해서 나아갈 수 없었을 테니까요. 때로는 부모가 먼저 자식을 밀어내는 게 올바른 양육이자 성숙한 교육이기도 하지 않을까요.

사라진 소녀

이제는 날아갈 때가 된 것 같아요

내 날개 그대보다 커졌죠

그대의 내가 되기엔 나의 길 멀고 많아

사랑하지만 난 날아갈래요

그대 품이 얼마나 편한지 잘 알죠

익숙해진 나의 새장은

이제는 버려도 돼요 안 돌아와요

이제 어떻게든 내가 해나갈게요

그대 알던 소녀는 사라져 저 먼 숲으로 가요

그늘진 낯선 골목도 외로운 밤도 혼자 걸어볼게

사진 속 소녀 추억이 되어 꿈이 내게 오는 날

멋지게 놓아준 그댈 찾아올게요

여인의 모습으로

안녕

사랑도 나의 선택을 믿어보아요

몇 번 아플지도 몰라요

모른 척 기다려주면 어느 날 문득

두 손 마주잡은 누굴 데려갈지도

그대 알던 소녀는 사라져 세상 숲으로 가요

그늘진 낯선 골목도 외로운 밤도 혼자 걸어볼게

사진 속 소녀 추억이 되어 꿈이 내게 오는 날

멋지게 보내준 그댈 찾아올게요

여인의 모습으로

사랑해요

내가 엄마가 되면 깨닫게 되면

꼭 말할 수 있도록 건강해요

◉ [월간 윤종신] 2015년 8월호

밝았던 웃겼던
힘겨웠었던
그녀 꿈은
뭐였을까

영화 〈스틸 앨리스〉(2014)는 알츠하이머병에 걸려 점차 기억을 잃어가는 한 여자의 이야기입니다. 줄리앤 무어가 연기한 앨리스는 능력 있는 언어학 교수이자 세 아이의 엄마로 지난 50여 년의 세월 동안 일과 가정 모두를 성공적으로 꾸려온 사람이죠. 그러던 어느 날 그녀는 갑자기 길을 잃고 정신이 멍해지는 경험을 합니다. 그리고 얼마 뒤 조발성 알츠하이머병이라는 진단을 받습니다.

영화를 보는 동안 어머니 생각을 많이 했습니다. 저희 어머니도 알츠하이머병을 앓고 계시거든요. 벌써 10년 가까이 되어가네요. 저희 어머니도 앨리스처럼 조금씩 기억을 잃으

셨어요. 처음에는 방금 얘기한 걸 잊는 정도였는데, 시간이 지날수록 그 밖의 여러 가지를, 잊으면 곤란해지는 것들을 잊어버리셨죠.

지금 어머니는 요양원에서 전문가들의 도움을 받고 계세요. 저희 가족은 시간이 날 때마다 어머니를 찾아뵙고 있고요. 더 자주 찾아뵈어야 한다고 만날 생각은 하는데, 저 역시 사는 게 녹록지 않아서인지 마음처럼 쉽지는 않네요. 어머니는 제가 병원에 들를 때마다 저를 유난히 반갑게 맞아주시는데요. 때로는 제가 당신을 퇴원시키러 왔다고 생각하시는 것 같아서 마음이 아프긴 하지만, 그래도 알츠하이머병이 어머니의 의지나 자존심까지 갉아먹지는 못하는 것 같아서 다행이라고 생각합니다.

저희 어머니는 공부를 열심히 하는 똑똑한 여학생이었다고 해요. 그 당시 여성이, 그것도 시골에서 공부를 계속한다는 건 있을 수 없는 일이었기에 대학 진학은 포기하셔야 했지만, 워낙 비상하고 총명한 아이로 정평이 나 있다보니 경남 진해에 있는 미군 부대에서 어느 제독의 비서 일을 하셨죠. 사람을 웃게 만드는 능력 또한 탁월해서 늘 주변에 사람들이 끊이질 않았는데, 제 어린 시절의 어머니만 떠올려봐도 확실히 분위기 메이커 같은 면모가 있으셨어요. 매사에 유쾌하고 센스가 있는 분이니 당연히 인기가 많으셨던 거죠.

하지만 젊은 시절의 어머니를 생각하면 이제는 미안한 마음이 앞섭니다. 제 또래의 자식을 둔 어머니라면 으레 그렇듯이, 저희 어머니 역시 자신의 꿈은 가슴속 깊이 접어둔 채로 자식들을 위해 묵묵히 살아오셨으니까요. 〈스틸 앨리스〉를 보다가 문득 나는 단 한 번이라도 어머니의 진짜 꿈을 궁금해해본 적이 있던가 하는 생각이 들었어요. 어머니는 나한테 꿈이 뭐냐고 수도 없이 물어봐주셨는데, 내가 꿈을 꾸고 그 꿈을 이룰 수 있도록 그 누구보다 열심히 도와주셨는데, 정작 나는 어머니가 정말 하고 싶었던 게 무엇이었는지 알지도 못하더라고요.

저는 이제야 어머니의 지난 시간이 궁금해졌는데, 이제야 어머니의 속마음을 귀기울여 들을 준비가 되었는데, 안타깝게도 어머니의 기억은 잠시 머물렀다 날아가는 한 마리 나비처럼 점차 멀어져가고 있습니다. 사람의 기억이란 나이가 들면 들수록 희미해지기 마련이건만, 저는 왜 어머니는 예외일 거라고 생각했던 걸까요? 저는 왜 어머니는 언제까지나 모든 것을 기억하리라 자신했던 걸까요? 저는 왜 기억을 잃은 어머니를 마주하고 나서야 내가 그동안 많은 것을 잊고 살았다는 생각을 하는 걸까요? 저는 왜 그동안 마치 기억상실증에라도 걸린 것처럼 아무것도 모르다가 이제 와서 어머니에게 고마움과 미안함을 느끼는 걸까요?

Memory

자존심이 강한 키 작은 여인 어릴 적 아팠지만

밝았던 웃겼던 힘겨웠었던 그녀 꿈은 뭐였을까

우린 묻지 않았어 그녀에게 저 깊은 마음속을

당연히 내 마음만을 알아줘야 했던 소외됐던

그녀의 꿈

Her memory 이제야 뒤늦게 귀기울여보네

Her memory 많은 걸 잃어버려 나만 바라봐

사랑해 뒤늦은 귓가의 속삭임으로는 잡을 수 없는

그녀 여행

유난히 나비가 많던 우리집 꽃밭에 사진 한 장

그 봄의 그 표정 나는 기억해 작고 오래된 날갯짓

Her memory 오래전 그날 그 일을 말해주네

Her memory 한 번도 하지 않던 그때 속 얘기

사랑해 그때 하지 못해 미안하기만 한 내 요즘 습관

사랑해

The memory 이제야 뒤늦게 귀기울여보네

The memory 얼마나 그리운지 같은 질문들

사랑해 뒤늦을지라도 아낄 수가 없는 내 요즘 습관

사랑해

◉ [월간 윤종신] 2015년 3월호

4부

나란히 가로가
어울린 우릴

다 어디 갔나요
나 여기 있는데

알레한드로 곤잘레스 이냐리투 감독의 영화 〈버드맨〉(2014)
을 보고 큰 감동을 받았습니다. 주인공 '리건'은 한때 '버드
맨'이라는 슈퍼히어로 무비에 출연하면서 큰 인기를 누린 톱
스타였으나 지금은 거의 잊힌 퇴물 배우인데요, 영화는 '리
건'이 옛 명성을 되찾기 위해 브로드웨이 무대에 도전하는
모습을 보여줍니다.

　'리건'의 도전은 순탄치 않습니다. 그를 둘러싼 거의 모든
사람들이 그가 망하기를 바라는 것처럼 비협조적이거든요.
함께 작업중인 배우들은 이기적이기 짝이 없어서 제 생각밖
에 할 줄 모르고, 유일한 혈육인 딸은 그를 가슴 깊이 증오하

며, 고매한 평론가들은 그가 할리우드 프랜차이즈 영화 출신이라는 이유로 달갑지 않은 시선으로 보죠. 전 재산을 쏟아부은 연극이 실패하리라는 것은 누가 봐도 자명하고, 결국 그를 기다리는 건 재기와 명성이 아니라 망신과 파산입니다.

영화를 보는 내내 리건에게 공감되는 부분이 많았어요. 꼭 저를 보는 것 같았거든요. 저 또한 리건처럼 한때 분에 넘치는 사랑을 받아봤고, 그 인기가 점차 시들해지는 것을 경험했으며, 예전 같지 않은 상황을 타개해보고자 이것저것 시도해봤으니까요.

아마도 그건 연예인의 숙명이 아닐까 싶습니다. 대중의 사랑에 힘입어 큰 인기를 누리다가도 한순간에 잊히는 것, 잊히는 게 두려워 어떻게든 인기나 명성으로부터 초탈하려고 애쓰는 것, 인기 같은 건 중요하지 않다고 큰소리치다가도 어느 순간 사람들의 눈에 들려고 아등바등하는 자신을 발견하는 것.

〈BIRDMAN〉은 〈버드맨〉을 모티프로 해서 만든 노래입니다. 대중에게서 영영 자유로울 수 없는 가수 윤종신의 솔직한 마음을 이야기하고 싶었어요. 음악이 좋아서 30년 가까이 쉼없이 달려왔지만, 여전히 대중에게 외면받는 건 두렵고 무서운 사람의 애환이랄까요. 난 여기 그대로 서 있는데 나를 좋아해주던 사람들은 어디로 가버린 건지, 나는 이제야 진짜 음악이 뭔지 알 것 같은데 사람들은 왜 어설펐던 그 시절만 좋아해주는 건지. 무심히 흘러가버린 시간과 야속하기만 한 대중에게 투정 부리듯 서운한 마음을 털어놓고 싶었나 봅니다. 저는 대중과 함께 호흡할 때 가장 빛을 발하는 사람이니까요.

돌려 말하고 싶지 않아서 여러분에게 직접 말을 건네듯 가사를 썼습니다. 가수 윤종신이 직접 화자로 등장해 이야기를 풀어나간 건 아마도 처음이 아닐까 싶어요. 누군가의 공감을 얻기보단 내 마음을 온전히 전하겠다는 생각이 컸기에 결국 제가 전면에 등장하게 된 거죠.

하지만 막상 가사를 완성하고 보니 이게 비단 제 얘기만은 아닐 수도 있겠다는 생각이 들었습니다. 연예인이 아니어도, 가수가 아니어도, 우리는 누구나 누군가의 변치 않는 관심과 사랑을 간절히 원하니까요. 사랑받기 위해 애쓰지 않는 삶이란 없으니까요.

○

BIRDMAN

○

그대가 좋아했으면
나를 바라봐줬으면
잔뜩 멋부린 내 모습을
좋아해준 그대들
다 어디 갔나요 나 여기 있는데

맘에 들지 않는다고
이젠 좀 지겹다고
그대의 변덕 맞추기에
난 모자란 듯해요
또 맘이 변하면 그때 또 와주길

나 이게 전부예요
내가 제일 잘하는 그거
시간이 흘러서 이제야 그럴듯한데
덜 익은 그때가 좋대

나 비밀이 있어요

나의 날개를 발견했다오

오래도록 괴롭혔던 그 고통은

살을 뚫고 나온 날개

높이 있다 생각했던

그 어린 날 그 허공은

무지의 예기치 않았던

선물이었던 것을

난 꾸며대었지 잃지 않으려고

나 이게 전부예요

내가 제일 잘하는 그거

시간이 흘러서 이제야 그럴듯한데

덜 익은 그때가 좋대

나 이제 저 멀리 보아요

날개를 활짝 펼 수 있기에

오래도록 괴롭혔던 그 고통에

뭐든 참을 수 있다오

날지만 높은 건 아냐

어디든 뭐든 좋을 뿐

결국 난 사랑받고 싶어

내려앉을 거예요

그땐 쇠잔한 날개를 쓰다듬어줘요

그대

◉ [월간 윤종신] 2015년 2월호

아직도 내겐
낯선 음식과
달뿐

저는 외국에서 오래 살아본 적이 없어요. 일로든 여행으로든 이곳저곳에서 며칠씩 머문 적은 많지만, 오랫동안 체류한 적은 없죠. 가장 길게 나가 있었던 게 아마도 미국과 캐나다를 여행했던 한 달이었을 거예요. 주변에 워낙 해외파 아티스트들이 많아서 그런지 모르겠지만, 저는 그들의 이야기를 들을 때마다 아, 나는 너무 한곳에만 머물러 있었구나, 하고 새삼스레 깨달아요. 저처럼 '홈'을 사랑하는 '홈그라운드형' 아티스트가 또 있을까 싶거든요.

제가 긴 시간 밖에서 머물지 못했던 건 너무 바빴기 때문이기도 하지만, 사실 그보다는 긴 여행은 마음껏 즐기지 못하는 성격 때문이기도 해요. 미국 여행 때도 보름쯤 되니까 자꾸만 집에 가고 싶어지더라고요. 항상 방랑을 꿈꾸고 여행을 원하지만, 안타깝게도 방랑벽이나 역마살은 없는 사람인 거죠. 진짜로 떠날 줄 아는 사람은 집으로 돌아오자마자 다시 떠나고 싶어진다는데, 저는 아쉽게도 그런 기질은 아니더라고요. 그보다는 우유부단하고 조심스럽고 겁이 많은 사람, 체험하기보다는 상상하는 게 익숙한 사람인 거죠.

하지만 이제 지난 삶을 조금은 관조할 수 있는 나이가 되었기 때문일까요, 저는 제가 그런 사람이라는 게 못내 아쉽습니다. 특히 젊은 시절을 떠올리면 안타까운 마음이 커지는데, 뭐랄까 저는 좀 퍼져 있었거든요. 약간의 패배주의와 막연한 기대감에 젖어서 공상만 많이 했어요. 이것저것 시도하고 도전하기보다는 안주하려 했죠. 물론 015B 정석원 형을 만나면서 인생이 뜻밖의 방향으로 풀리긴 했지만, 어쨌든 소심하고 겁이 많았던 거예요. 그래서 훌쩍 떠나지 못했고요. 그때 내가 겁없이 돌아다니고 원 없이 배웠다면 어땠을까, 좀더 진취적이고 활동적이고 오픈 마인드인 사람이었다면 어땠을까, 하는 생각을 지금도 가끔 해요. 떠나지 못했다는 아쉬움이 늘 가슴 한쪽에 남아 있는 거죠.

그래서인지 저는 이제라도 방랑자가 되어보고 싶어요. 아이들이 조금 더 크면, 회사가 조금 더 안정되면, 일단 홀쩍 떠나고 싶어요. 다행히 삼십대와 사십대를 지나오면서 젊었을 때보다는 훨씬 더 능숙하고 용감하고 배짱 있는 사람이 되었거든요. 그리고 이대로 안주하고 싶지 않다는 마음도 크고요. 모두의 예상대로 지금의 자리를 지키는 사람이 되고 싶지는 않아요. 가만히 멈춰 있는 사람도 되고 싶지 않고요.

아내가 허락해준다면, 그리고 회사가 양해해준다면, 딱 1년만 이방인으로 살아보고 싶어요. 파리도 좋을 것 같고 포르투갈도 좋을 것 같고 일본도 좋을 것 같아요. 저를 아는 사람이 별로 없는 곳에서, 낯선 공간과 색다른 날씨 속에서 새로운 삶을 꾸려보는 거죠. 나와 다르게 살아온 사람들과 교류하면서 내가 어떤 사람인지 다시 한번 천천히 돌아볼 수 있었으면 좋겠어요. 운이 좋다면 나도 미처 몰랐던 새로운 나를 발견할 수도 있겠죠.

물론 [월간 윤종신]은 해외에서도 계속될 거예요. 아마도 그해에는 이방인으로서의 제 삶에 대한 이야기로 채워지겠죠. 낯선 곳에서 만난 사람들에 대한 이야기, 그곳에서 먹고 마신 것들에 대한 이야기를 일기 쓰듯 가사에 담아낼 거예요. 노래 제목은 〈옆집 총각 알레한드로〉나 〈빵집 주인 이사벨〉이 되는 거죠. 어느 날은 라익이, 라임이, 라오에 대한 그리움으로 노래를 만들 수도 있을 것 같고요. 통기타 하나로 이뤄진 간소하고 담백한 노래가 될 거예요.

언젠가 꼭 [월간 윤종신] '이방인 특집'을 여러분에게 선보일 수 있는 날이 왔으면 좋겠습니다. 기대해주세요.

이방인

낯선 사람들 냉정한 거리
오히려 내겐 이곳이 더 좋은걸
나의 표정에 내 그리움에
다들 무관심해서 좋은 곳
우리 이별도 그대 안부도
아무도 궁금해하지 않는 하루
그 어딜 가도 추억은 없어
나 사는 것만 오직 생각해
내 남은 날을 생각해

미련 없이 떠날 수 있었던
익숙했던 흐뭇했던 그 거리
그 길에 한 사람 누구와 걷든지
그 발걸음 이젠 가볍기를

낯설은 향기 색다른 하늘
오히려 내겐 이곳이 더 좋은걸

마주친 바다 휴식이 있어
하얀 모래 위 눈감은 오후

미련 없이 떠날 수 있었던
익숙했던 흐뭇했던 그 거리
그 길에 한 사람 누구와 걷든지
그 발걸음 이젠 가볍기를

낯익은 것들 반가움 잠깐
이젠 더이상 선물 될 수 없기에
허기진 저녁 나의 식탁엔
아직도 내겐 낯선 음식과
달뿐

◉ 하림 2집 [Whistle In A Maze] (2004)

옳은 길 따위는
없는걸
내가 택한 이곳이
나의 길

아무리 자기가 선택한 길에 확신이 있다고 해도 굳센 마음에 의심이 깃드는 건 순간입니다. 그 의심이란 누군가의 별것 아닌 말 한마디에서 비롯된 것일 때도 있고, 주변 사람들과 나를 비교하다 생겨난 것일 때도 있으며, 자기도 모르는 사이에 마음 한편에 차곡차곡 쌓여온 것일 때도 있죠.

우리는 좋아하는 일을 열심히 잘하다가도, 꿈을 위해 최선을 다해 나아가다가도 돌연 이 의심이 들끓는 질문들에 부딪히곤 합니다. 과연 이게 맞는 걸까? 내가 옳은 길을 가고 있는 걸까? 이제라도 다른 길을 찾는 게 현명한 거 아닐까?

이러한 삶의 법칙에서 저 역시 자유롭지 않습니다. 가장 좋아하는 일을 30년 가까이 해오고 있는, 나름대로 프로이자 베테랑이라고 자부하는 저도 여전히 고민하거든요. 어느 누구 못지않게 헷갈리고 흔들립니다. 확신이 있을 때도 있지만 사실은 없을 때가 더 많아요. 확신이 없으면서도 있는 척해야 할 때도 많고요.

이건 우리 모두의 이야기일 겁니다. 지금 어디서 무슨 일을 하든, 얼마나 오랫동안 그 일에 매달렸든, 분야와 경력과 나이를 막론하고 이런 고민으로부터 예외일 수는 없을 테니까요. 만의 하나 그런 사람이 있다면, 헷갈리지도 않고 흔들리지도 않고 고민하지도 않는 사람이 있다면, 글쎄요, 그건 그 사람이 더는 움직이지 않는다는 뜻 아닐까요? 지금 그 길 위에서, 그 자리에서 가만히 멈춰 서 있는 게 아닐까요?

내가 가고 있는 이 길에 대한 확신이 없더라도, 모든 걸 되돌리고 싶은 마음이 앞서더라도 그래도 한번 버텨보자고 말하고 싶었습니다. 지금 당장은 앞이 보이지 않더라도, 흔들리고 무너지는 게 지긋지긋하더라도 희망을 잃지 않는 게 중요하다는 이야기를 전하고 싶었습니다. 뻔한 구호처럼 들려도 좋고 지겨운 잔소리처럼 남아도 좋으니, 어떻게든 중심을 잡고 일어서는 사람들처럼, 기어코 자기가 선택한 길을 고집하는 사람들처럼 이 지친 하루를 견뎌보자고 노래하고 싶었습니다.

○

지친 하루

○

거기까지라고
누군가 툭 한마디 던지면
그렇지 하고 포기할 것 같아
잘한 거라 토닥이면
왈칵 눈물이 날 것만 같아
발걸음은 잠시 쉬고 싶은걸

하지만 그럴 수 없어 하나뿐인걸
지금까지 내 꿈은
오늘 이 기분 때문에
모든 걸 되돌릴 수 없어
비교하지 마 상관하지 마
누가 그게 옳은 길이래
옳은 길 따위는 없는걸
내가 택한 이곳이 나의 길

미안해 내 사랑

너의 자랑이 되고 싶은데
지친 내 하루 위로만 바래
날 믿는다 토닥이면
왈칵 눈물이 날 것만 같아
취한 한숨에 걸터앉은 이 밤

해낼게 믿어준 대로 하나뿐인걸
지금까지 내 꿈은
오늘 이 기분 때문에
모든 걸 되돌릴 수 없어
비교하지 마 상관하지 마
누가 그게 옳은 길이래
옳은 길 따위는 없는걸
내가 좋은 그곳이 나의 길

부러운 친구의 여유에
질투하지는 마
순서가 조금 다른 것뿐
딱 한 잔만큼의 눈물만
뒤끝 없는 푸념들로

버텨줄래 그날이 올 때까지

믿어준 대로 해왔던 대로
처음 꿈꿨던 대로
오늘 이 기분 때문에
모든 걸 되돌릴 수 없어
비교하지 마 상관하지 마
누가 그게 옳은 길이래
옳은 길 따위는 없는걸
내가 걷는 이곳이 나의 길

옳은 길 따위는 없는걸
내가 걷는 이곳이 나의 길

◉ [월간 윤종신] 2014년 12월호

나란히
가로가 어울린
우릴

어느 날 차트를 보다가 아, 이 노래들이 이렇게 줄 세워져 있는 게 맞는 건가, 하는 의문이 들었습니다. 평평하게 가로로 넓게 퍼져 있어야 할 노래들이 억지로 옹기종기 모여서 세로로 움직이길 강요받는다는 느낌이 들었거든요. 순위가 매겨지면서 위아래가 나뉘고, 조금이라도 남보다 위에 서기 위해 불필요한 경쟁을 하고, 또다시 순위에 목을 매는 지긋지긋한 악순환.

이놈의 차트 때문에 수많은 창작자가 소위 말하는 '업자'가 되어갑니다. 새로운 음악을 보여주겠다는 당찬 각오로 이 신scene에 등장한 대부분의 사람들이 얼마 지나지 않아 차트

216

에 목을 매는 자신을 발견하게 되죠. 조금이라도 더 높이 올라가야 사람들이 들어주고 알아주고 말해주니까요. 하지만 그게 과연 성공일까요? 우리가 바라는 성공이라는 게 정말 그런 건가요?

창작하는 데 있어 서열이 꼭 필요한 것인지 의문입니다. 경쟁의 순기능을 모르는 건 아녜요. 경쟁이 있어야 자극도 있고 발전도 있고 성장도 있겠죠. 하지만 경쟁이라는 게 꼭 차트 위에서만 가능할까요? 그게 꼭 차트의 형태여야만 할까요?

각각의 노래는 '세로'가 아닌 '가로'로 놓여 있어야 합니다. 수직으로 줄 세워져 있는 게 아니라 수평으로 나열되어 있어야 합니다. 자꾸 남을 밟고 위로 올라가려다보니까, 조금 더 높이 올라가는 방법을 찾기 위해 골머리를 앓다보니까, 우리는 자꾸 자기 것이 아닌 남의 것을 만들게 되는 거예요. 내 이야기가 아니라 남의 이야기를 하게 되는 겁니다. 원래 노래는 내 이야기를 하려고 만드는 건데 말이죠.

저는 문화의 가치에 우열이 없는 것처럼 창작의 가치에도 우열은 없다고 생각합니다. 물론 완성도의 차이야 있을 수 있겠죠. 그 완성도라는 것도 참 주관적이긴 하지만, 어쨌든 완성도가 높은 작품이 있고 그렇지 못한 작품이 있는 건 사실이니까요. 하지만 완성도가 높다고 해서 더 가치 있는 작업이라고 단정할 수는 없잖아요. 프로의 노래가 아마추어의 노래보다 더 가치 있다고 말할 수 없고, 더 많이 배운 사람의 그림이 그렇지 않은 사람의 그림보다 더 가치 있다고 말할 수 없는 것처럼요. 창작물은 나란히 놓여야 합니다. 각각의 가치가 빛을 발할 수 있게요.

2010년부터 시작한 [월간 윤종신]과 2016년부터 시작한 미스틱엔터테인먼트의 [LISTEN]은 누군가 만들어놓은 틀에서 벗어나보려는 나름의 고육지책입니다. 차트에 구애받지 않고 우리가 하고 싶은 음악을 마음껏 하자는 취지로 만든, '세로'가 아닌 '가로'를 지향하는 독자적인 플랫폼이죠. 그 안에서 우리는 우리가 원하는 음악을 마음껏 할 수 있습니다. 누구를 밟거나 억지로 올라서려는 음악이 아닌 우리의 솔직한 생각과 감정을 담은 진실한 음악을요.

저는 우리가 이 '가로' 플랫폼을 꾸준히 지속해나간다면 언젠가는 '세로'보다는 '가로'가 당연해지는 세상이 올 거라고 꿈꿉니다. 너무 이상적이고 막연한 생각인 것 같지만, 그렇기 때문에 더더욱 이 믿음을 잃고 싶지 않아요.

○

세로

○

이 정도 살면 그럭저럭 관성의 힘으로

무덤덤한 마음으로 살 법한데

오— 꿈틀대는 모난 삐딱함은

나를 울타리 밖으로 내던지네

아직 쉴 자격이 없는 나라며

다 모여 떠들었던 시간은

내게 아무것도 남기지 않고

홀로 가슴 후벼파면 그제서야 날이 서

이것저것 잡다하게 듣는 건

나날이 더 많아지고

세상은 날 더디다고 비웃어

누군가 세로로 세우려 해

나란히 가로가 어울린 우릴

사다리를 주며 빨리 올라 따라잡으라 해

한없이 외롭고 외롭다면 갈 수 있겠어

누구도 못 따라올 거기 거기로

이젠 아마 많은 게 바뀔걸

썩은 고름들을 짜내고 난 뒤엔

새살이 차오른 뒤 그곳

무딘 딱딱한 살이 돼도

잊으면 안 돼 얼마나 아팠는지

또 온몸으로 퍼질 수 있어

그 잘 사라지지 않는 독소들

다 모여 떠들었던 시간은

내게 아무것도 남기지 않고

홀로 가슴 후벼파면 그제서야 날이 서

이것저것 잡다하게 하는 건

나날이 더 많아지고

세상은 날 더디다고 짜증내

누군가 세로로 세우려 해

나란히 가로가 어울린 우릴

사다리를 주며 빨리 올라 따라잡으라 해

한없이 외롭고 외롭다면 갈 수 있겠어

누구도 못 따라올 거기 거기로

아무도 안 따라올 저 먼 곳으로

◉ [월간 윤종신] 2017년 1월호

영원이란
소멸된 고어
두 글자

주변의 젊은 친구들을 보면서 흔히들 말하는 '요즘 세대'의 어떤 특징을 생각하게 되었습니다. '젊은 친구들'이라고 하면 너무 두루뭉술하니 조금 더 구체적으로 말하자면, 이십대 중반에서 삼십대 초반에 걸쳐 있는 친구들이죠. 물론 제가 만나본 친구들만 그런 것일 수 있지만, 그러므로 이들의 성격을 어떤 세대의 특징으로 일반화하는 건 조금 무리일지도 모르지만, 어쨌든 특정한 사람의 캐릭터로 간주하기엔 너무 많은 친구들이 그랬던 터라 이건 분명히 어떤 세대적인 징후일 것이다, 라는 생각을 자주 했어요.

제가 겪어본 요즘 친구들은 똑똑하고 꼼꼼하고 야무졌습

니다. 그래서 생각이 많고, 계산적이고, 오래 망설였죠. 대부분 실수를 하지 않으려고 안간힘을 쓰는 것 같았고, 뭔가를 시도하기 전에 단계가 많다는 느낌이었어요. 결코 무모할 수 없도록 세팅이 되어 있달까요. 자신을 표현할 때도 매력을 어필하기보단 흠을 가리는 데 집중하는데, 어떻게든 책은 잡히지 않으려고 애쓰더라고요. 이익이 얼마일지 생각하는 게 아니라 손실이 얼마일지를 생각하고, 이익이 많은 쪽보다는 손실이 적은 쪽을 선택하는 거죠. 지극히 안전 지향적인 거예요. 심지어 사람을 만나고 사랑을 하고 이별을 할 때도요.

저는 자연스레 요즘 세대는 왜 그런 것일까, 라는 질문을 스스로에게 던져보았습니다. 그리고 요즘 세대가 성공보다는 실패에 익숙하기 때문에, 유례가 없을 정도로 취업도 어렵고 결혼도 힘든 세대이기 때문에 좀더 신중하고 침착해질 수밖에 없는 게 아닌가, 하고 생각했어요. 좀처럼 앞이 보이질 않으니, 이보다 더 막막하고 막연할 수가 없으니, 일단 한 발 물러서서 계산하고 고민하는 건 어쩌면 당연한 일이 아닐까 싶더라고요. 안타깝고 안쓰러웠습니다. 이건 개개인의 능력이나 노력으로는 어찌할 수 없는 문제라는 걸 알기에 더더욱이요.

〈Do It Now〉는 좀더 무모해도 된다는 이야기를 하고 싶어서 만든 노래입니다. 지금 달려드는 게, 저지르는 게, 시도하고 보는 게 결코 오답은 아니라는 얘기를 하고 싶었어요. 생각하고 재고 따지고 계산하는 것만이 꼭 정답은 아니라는 얘기를요. 정말 중요한 건 먼 훗날의 내가 아니라 지금 이 순간의 나잖아요. 지금 이 순간에 최선을 다하는 것, 지금 이 순간에 아무런 후회도 미련도 남기지 않는 것, 저는 그것만큼 값진 건 없다고 생각하거든요. 무모한 시도는 실패가 아니라 또다른 가능성일 수도 있다는 것을, 우리에게는 언제나 또다른 선택지가 있다는 것을 잊지 말았으면 좋겠어요. 지금도 우리는 무조건 실패하지 않으려다가, 일단 준비하고 계획하고 기다리다가, 많은 것들을 놓치고 있으니까요.

Do It Now

머물러 있을 거란 생각은 아무도 하지 않아

머물러 있는 만큼 그만큼 사랑하고 고마워해

영원이란 소멸된 고어 두 글자

철 지난 헌책방 구석에

순간이 모여 이룰 너의 라이프

지금 사랑을 매료시켜

Burn the life Burn the love Burn it all

지금 니 앞의 그 사람 그 시선은 머물지 않아

Do it now Do it now Get it now

너 중에 제일 멋진 걸로 그 마음을 사로잡아버려

Burn the life Burn the love Burn it all

니 생의 멋진 날들이 안타깝게 지나고 있어

Do it now Do it now Get it now

지금 넌 너무 아름다워

자, 지금의 널 보여줘봐

시행착오 당연히 있을 수 있어

그래도 안 한 것보다 나아

그것마저도 너 자연스러운 너

깨닫는 과정 속의 너

Burn the life Burn the love Burn it all

지금 니 앞의 그 사람 그 시선은 머물지 않아

Do it now Do it now Get it now

너 중에 제일 멋진 걸로 그 마음을 사로잡아버려

Burn the life Burn the love Burn it all

니 생의 멋진 날들이 안타깝게 지나고 있어

Do it now Do it now Get it now

지금 넌 너무 아름다워

자, 지금의 널 보여줘봐

Burn the life Burn the love Burn it all

지금 니 앞의 그 사람 그 시선은 머물지 않아

Do it now Do it now Get it now

너 중에 제일 멋진 걸로 그 마음을 사로잡아버려

Burn the life Burn the love Burn it all

니 생의 멋진 날들이 안타깝게 지나고 있어

Do it now Do it now Get it now

지금 넌 너무 아름다워

자, 지금의 널 보여줘봐

영원이란 소멸된 고어 두 글자

철 지난 헌책방 구석에

순간이 모여 이룰 너의 라이프

지금 사랑을 매료시켜

◉ [월간 윤종신] 2018년 4월호

이제부터
웃음기
사라질 거야

저는 "괜찮아, 잘될 거야"라는 말을 별로 좋아하지 않는데요. 그 말처럼 막연하고 성의 없고 도움이 안 되는 격려는 없다고 생각하거든요.

물론 그렇게 말하는 상대방의 진심이나 호의를 모르는 건 아니에요. 내가 힘들어하는 게 걱정되고 신경 쓰이니까, 어떻게든 힘이 되고 싶고 응원하고 싶은데 막상 무슨 말을 어떻게 해야 할지 모르니까 그러는 거겠죠. 실제로 저도 누군가에게 별생각 없이 그렇게 말한 적이 있을 테고요.

하지만 그 말 자체를 곰곰이 생각해보면 뭐 어쩌라는 건가 싶은 거예요. 도대체 누가 괜찮다는 건지, 무엇이 어떻게 잘될 거라는 건지 알 수가 없는 거죠. 그 말을 듣고 정말이지 난 괜찮을 거라고, 잘될 거라고 생각해본 사람이 있을까 싶 거든요.

그렇다면 저는 어떤 말에 힘을 얻고 기운을 냈을까요? 저에게는 어떤 말이 격려가 되고 도움이 되었을까요? 실제 로 내 인생에서 나를 위로했던 말이 무엇이었나 곰곰이 생각 해보다가 불현듯 고3 때 담임 선생님을 떠올렸어요. 선생님 은 욕도 잘하고 카리스마도 넘쳐서 학생들을 휘어잡는 분이 었는데, 처음 고3에 올라가자마자 이렇게 말씀하셨거든요.

"1년 동안 죽었다고 생각해라."

내 학생이 된 이상 너희들은 앞으로 여자친구를 사귈 수 도 없고, 여기저기 놀러다닐 수도 없고, 딴짓하면서 시시덕 거릴 수도 없다는 반협박조의 선언이었죠. 그러니까 모두 다 내려놓고, 나 죽었다 생각하면서 공부에만 집중하라는 뜻이 었던 거예요.

그런데 그때 이상하게 마음이 편해졌던 기억이 있어요. 나는 죽었다, 나는 끝났다, 내 1년은 없는 것이나 마찬가지 다, 라고 마음을 먹는 순간, 그 위협적이고 비관적인 말이 오 히려 제게 힘이 되더라고요. 어리둥절하게도 그 말이 너는 잘할 수 있을 거라는 격려로 다가왔던 거예요. 글쎄요, 저는 아직도 그 말이 정확히 어떠한 이유로 제게 힘이 된 건지는 잘 모르겠어요. 제가 그 말에서 이 고된 시간을 함께 견뎌보자는 속뜻을 읽어낸 것일 수도 있고, 나중은 생각지 말고 지금 내 앞에 닥친 문제에만 집중하자는 가르침을 발견한 것일 수도 있겠죠.

때로는 괜찮을 거라고 애써 미소 지으며 못 본 척 눈을 감는 것보다는 내 앞에 들이닥친 문제를 똑바로 응시하고 그 까마득한 오르막길을 뚜벅뚜벅 걸어올라가는 게 정답일 수도 있어요. 어쨌든 끝은 있을 테니, 어디로 가든 얼마나 걷든 결국에는 정상에 도착할 테니, 내가 어디쯤 왔는지 돌아보면서 전전긍긍하고 앞으로 얼마나 남았는지 내다보면서 노심초사하기보다는 나의 한 걸음 한 걸음에 집중하는 게 훨씬 더 현명한 자세일지도 몰라요.

오르막길

이제부터 웃음기 사라질 거야

가파른 이 길을 좀 봐

그래 오르기 전에

미소를 기억해두자

오랫동안 못 볼지 몰라

완만했던 우리가 지나온 길엔

달콤한 사랑의 향기

이제 끈적이는 땀

거칠게 내쉬는 숨이

우리 유일한 대화일지 몰라

한 걸음 이제 한 걸음일 뿐

아득한 저 끝은 보지 마

평온했던 길처럼

계속 나를 바라봐줘

그러면 견디겠어

사랑해 이 길 함께 가는 그대

굳이 고된 나를 택한 그대여

가끔 바람이 불 때만 저 먼 풍경을

바라봐 올라온 만큼

아름다운 우리 길

기억해 혹시 우리 손 놓쳐도

절대 당황하고 헤매지 마요

더이상 오를 곳 없는 그곳은

넓지 않아서 우린 결국엔 만나

오른다면

한 걸음 이제 한 걸음일 뿐

아득한 저 끝은 보지 마

평온했던 길처럼

계속 나를 바라봐줘

그러면 난 견디겠어

사랑해 이 길 함께 가는 그대여

굳이 고된 나를 택한 그대여

가끔 바람이 불 때만 저 먼 풍경을

바라봐 올라온 만큼

아름다운 우리 길

기억해 혹시 우리 손 놓쳐도

절대 당황하고 헤매지 마요

더이상 오를 곳 없는 그곳은

넓지 않아서 우린 결국엔 만나

크게 소리쳐 사랑해요 저 끝까지

◉ [월간 윤종신] 2012년 6월호

까마득한
이 계절의
끝

〈추위〉는 〈오르막길〉의 후속 이야기이자 창작자들의 이야 기입니다. 〈오르막길〉이 누구나 자신의 인생을 투영해 해석 할 수 있는 보편적인 이야기라면, 〈추위〉는 창작하는 사람 들의 고민과 애환을 담은 특별한 이야기죠. 창작자라면 누 구나 필연적으로 맞닥뜨려야 하는 시련과 고난을 겨울의 추 위에 비유했고, 어떤 상황이 오더라도 내가 지향하는 창작적 신념을 잃지 말자는 메시지를 담아내고 싶었어요.

　음악을 하든 그림을 그리든 글을 쓰든 창작자는 장르를 불문하고 늘 고집과 타협 사이에서 방황하기 마련입니다. 미 학적으로 내가 추구하는 더 멋진 걸 하고 싶은 마음이 있는

가 하면, 다른 한편으로는 사람들이 더 좋아하는 것, 뭔가 더 달콤하고 돈이 될 수 있는 걸 하고 싶은 마음도 있죠. 나만의 스타일이 제일 중요하다고 자신하는 사람도 인기와 돈의 유혹 앞에서는 흔들리곤 합니다. 그런 유혹은 귓가를 맴도는 속삭임처럼 스산하고 은밀하고 달콤해서 좀처럼 거부할 수가 없죠.

하지만 계속 그렇게 유혹에 굴복하다보면, 내가 잘하는 게 아니라 남들이 좋아할 만한 것만 반복하다보면, 자기 것은 완전히 없어져버리고 말 겁니다. 사랑받고 싶고 칭찬받고 싶은 마음에 이리저리 끌려다니다보면 창작자로서의 개성을 영영 잃어버리고 말 거예요. 내 취향이 아닌 남의 취향을 따라가는 건 결국 나를 지우는 거니까요.

〈추위〉를 쓰면서 창작자는 '나그네'여야 한다는 생각을 했습니다. 정착하지 않고 계속 떠도는 나그네처럼 창작자 또한 끊임없이 뭔가를 두드리고 경험하고 나아가야 하는 게 아닐까 싶었어요. 왜냐하면 창작자는 쉴새없이 움직이고 실험하고 시행착오를 겪어야만 발전할 수 있으니까요. 정착하다보면 안주하게 될 테고, 안주하면 고이게 될 테고, 고이면 새로운 게 나올 수 없을 테니까요. 새로운 걸 만들 수 없다면 그 사람은 더는 창작자가 아니겠죠.

사실 저도 요즘 그런 소리를 자주 듣습니다. 〈좋니〉가 잘

됐으니까 그런 노래를 계속 만들어보는 게 어떻겠냐고, 이제는 나이도 있으니 괜한 체력 낭비 말고 사람들이 좋아할 만한 곡을 만드는 데 집중해보는 게 어떻겠냐고. 하지만 저는 그러고 싶지 않아요. 이대로 안도하고 싶지도 않고 이쯤에서 주저앉고 싶지도 않습니다. 계속 움직이고 싶고 어디로든 나아가고 싶어요. 남들이 좋다고 생각하는 게 아니라 내가 괜찮다고 생각하는 것, 내가 그때그때 제일 하고 싶은 것을 마음껏 하면서요.

음악을 그만두는 그날까지 계속 떠돌고 싶습니다. 끝까지 창작자이고 싶어요.

○

추위

○

아무리 옷깃을 올려도

파고들어오는 냉기에

입김을 다시 얼굴에 부빈다

아무도 주위에 없어서

나를 바라보지 않아서

웅크린 내 몸이 그렇든 말든

뿌예진 안경이라도

내 몸을 녹일 수만 있다면

그놈의 집도 들어갈 수 있어

얼어붙은 혀가 뭐라고 하든

몸이 녹으면 후회할까

얼어 죽을 용기도 없이

그 길을 걸을 생각을 했냐고

살갗 좀 아려온다고

발이 좀 무감각해진 것 같다고

덜컥 겁이 나서 안주한 걸까
그냥 좋은 게 좋은 게 아닐까

이 계절은 꼭 날 찾아와
뼛속 나약함을 확인시켜줘
굳이 고된 나를 택했던
내 사람의 눈 바라보게 해
까마득한 이 계절의 끝
너무 아득해 아득해

밤이 찾아오면 누군가
스산하게 귀에 속삭여
이 계절은 여기서 머물라고
여기서 그냥 살라고
더 가봤자 거기서 거기라고
여기까지 온 게 대단하다고
이젠 짐을 풀고 수다떨자고

이 계절은 꼭 날 찾아와
한낱 이기심인 듯 느끼게 해줘

굳이 고된 나를 택했던

내 사람의 눈 바라보게 해

까마득한 이 계절의 끝

너무 아득해 아득해

오르막을 넘어 찾아온

이 바람 살을 도려낼 듯한데

굳이 걷는 나를 택했던

내 사람은 계속 가라 하네

까마득한 이 계절의 끝

결국 올 거야 올 거야

녹듯이 결국

◉ [월간 윤종신] 2017년 12월호

언제나
날 바라봐준
그대가 있었어

JTBC〈팬텀싱어〉에 심사위원으로 출연하면서 '크로스오버',
즉 두 장르 이상이 융합된 새로운 음악 장르에 매료되었습니
다.〈팬텀싱어〉는 남성 4중창을 뽑는 음악 경연 프로그램인
데요. 성악, 뮤지컬, 국악, 가요 등 각 분야에서 열심히 활동
중이지만 아직 대중에게 크게 알려지진 못한 실력파 보컬리
스트들이 대거 참여해 실력을 겨룹니다.

크로스오버 음악은 사운드나 비트보다 이야기가 앞서는
음악입니다. 이야기를 중시하기 때문에 감정과 정서가 풍부
하게 묻어나죠. 제가 발라드 장르에 애착을 갖는 이유와 같
습니다. 지향점이 비슷하죠.

저는 창작자로서 사십대가 된 다음에야 비로소 '감정'에 대해 알 것 같다는 생각이 들었습니다. 하지만 동시에 한껏 무르익은 감정을 온전하게 담아낼 음악적 장르가 마땅치 않다는 생각도 했죠. 뭔가 새로운 시도를 해보고 싶은데 제가 아이돌 음악을 기웃거리는 건 영 볼썽사납고 옛날 음악을 끄집어내어 답습하는 건 구태의연하니까요. 그렇게 갈증을 느끼던 차에 만나게 된 게 바로 크로스오버 음악이었습니다. 정말 반가운 마음이었어요.

크로스오버 음악은 삼사십대에게 전폭적인 지지를 받고 있습니다. 〈팬텀싱어〉를 통해 데뷔한 여러 팀이 꾸준히 음반을 발표하는 것은 물론 큰 규모의 공연도 선보이고 있죠. 몇몇 팀의 경우는 아이돌 못지않은 인기를 끌면서 공연 때마다 전석 매진을 기록하기도 합니다. 대중은 음원 차트에 나열된 음악만 듣는 게 아니라는 것을, 음원 차트에 있는 음악이 대중에게 사랑받는 음악의 전부는 아니라는 것을 이들의 인기가 증명해 보이고 있는 것이죠.

저는 크로스오버 음악이 지금보다 훨씬 더 많은 사랑을 받을 수 있는 장르라고 확신합니다. 이미 두터운 팬층이 존재하기는 하지만, 보다 다양한 연령층에 폭넓은 인기를 끌 수 있을 거라 생각하거든요. 남녀노소를 막론하고 누구나 공감할 수 있는 보편적인 감정을 이야기하는 노래는 흔치 않으니까요. 기존의 차트 음악에 지친 수많은 사람에게 분명히 단비 같은 음악이 되어줄 겁니다.

〈팬텀싱어〉 시즌1의 우승팀인 '포르테 디 콰트로(고훈정, 김현수, 손태진, 이벼리)'와 함께 〈마지막 순간〉이라는 노래를 만들었습니다. 삶의 마지막 순간을 맞이한 나의 엄마, 나의 아내 그리고 나의 연인에게 건네는 이야기인데요. 이 세상을 자신이 이끈다는 철없는 생각으로 살아온 이기적인 남자들의 반성이 담겨 있습니다. 제가 앞으로 만들어나갈 '크로스오버' 음악의 느낌을 가늠해볼 수 있는 음악이니 꼭 한 번 들어봐주셨으면 좋겠습니다.

마지막 순간

마지막 그대 표정 모두 외워둘게요

또 마주치는 일이 없을 것 같아 우리 또다시

사랑은 이렇게 가는 걸 알기에

그리울 걸 난 알기에

다 알면서 보내

다 잊을 때까지만

이 순간을 간직해

말없이 말을 하는 그대의 눈을 쉽게 잊을까

추억이 한없이 맴돌 걸 알지만

너무 늦은 걸 알지만

내 사랑 잘 가오

정말 미안했어 다툰 날

정말 고마웠어 위로해준 날

그 긴 시간이 모두

이 안녕 한 번에 지워질까

이제 보내드리리

힘들었던 아픔들

이제는 편안히 놓아요

이제 자유롭게 날개 활짝 펴주오

다신 희생하지 말아요

다신 하고픈 말 참지 말아요

이기적인 날 사랑했지만

때늦은 후회만이

이제 보내드리리

힘들었던 고민들

이제는 편안히 놓아요

더 자유롭게 날갯짓해요

모자란 날 용서해주오

내 방법으로만 그댈 사랑했었던

철없던 내내 그리움 속에

남은 날 보내려오

내 생은 늘 빛났어

가리워진 빛 뒤편엔

언제나 날 바라봐준 그대가 있었어

더 사랑받았어야

세월은 가혹하오

깨달은 지금의 눈물이 다시 거슬러올라

돌이키고 싶다오

그댈 처음 만난 날

해맑은 미소가 설렜던

한 소녀가 주인공인 그날로

◉ [월간 윤종신] 2017년 3월호

소년
눈감으면
빌리가 되었고

저를 음악의 길로 인도해준 뮤지션들이 여럿 있습니다. 빌리 조엘, 배리 매닐로, 데이비드 포스터, 시카고, 주다스 프리스트, 다마키 고지, 야마시타 다쓰로 등이 바로 저의 워너비이자 히어로인데요. 다양한 매체를 통해 기회가 될 때마다 종종 말씀드렸던 이름이어서, 아마도 저를 오랫동안 지켜봐주신 분들에게는 친숙한 리스트일 것 같습니다.

저는 그중에서도 특히 세계적인 팝 뮤지션이자 피아니스트인 빌리 조엘을 좋아하는데요. 어렸을 때는 집에 있던 턴테이블로 그의 LP를 들었고, 어른이 된 다음에는 카 오디오로 그의 CD를 들었어요. 그리고 요즘도 마땅히 듣고 싶은 게 없을 땐 음원 사이트에서 그의 이름을 검색하고요. 음악을 듣는 게 마냥 좋았던 어린 시절부터 어떻게 하면 음악을 잘할 수 있을지 고심했던 청년 시절을 거쳐, 하고 싶은 음악을 마음껏 할 수 있게 된 지금까지도 빌리 조엘은 언제나 제 삶의 일부처럼 깊숙이 스며 있었던 거죠. 〈Leave A Tender Moment Alone〉〈Honesty〉〈Tell Her About It〉〈Just The Way You Are〉 등과 같은 대표곡들은 정말이지 수도 없이 들은 것 같아요.

한때는 내가 어떤 음악을 듣는지, 어떤 뮤지션을 좋아하는지 밝히는 걸 주저하기도 했어요. 그들의 음악적 스타일을 따라 해보고 흉내내본 걸 들키면 어쩌나 싶어서, 너무 큰 영향을 받은 게 들통나면 어쩌나 싶어서 미리 겁을 냈던 거죠. 어린 마음에 누구의 영향도 받지 않은 독자적인 뮤지션으로 보이고 싶었던 것 같기도 하고요.

하지만 돌이켜보니 내가 사랑하는 뮤지션의 영향 아래 있었던 그 시간이야말로 정말 소중하고 값진 것이더라고요. 감추고 숨기기보단 드러내고 이야기해서 한 번이라도 더 그들에게 감사한 마음을 표현하는 게 예의가 아닐까 싶어요. 그들의 음악을 교과서 삼아 스펀지처럼 흡수했던 그 모든 시간이 바로 지금의 저를 만든 거니까요. 따라 하다 실패하고, 좇아 하다 실수했던 그 과정이 없었다면 저는 지금처럼 '윤종신다운' 음악을 만들지 못했을 거예요.

누군가의 영향을 받는 것을 두려워하지 않았으면 좋겠어요. 왜냐하면 내가 아무리 어떤 음악을 따라 한다고 해도 정확히 그 음악과 같은 것을 만들 수는 없거든요. 새로운 것을 만들겠다는 의지만 있다면, 정말이지 신기하게도 우리는 조금씩 다른 것을 만들어내요. 이 세상에 똑같은 얼굴은 없는 것처럼. 우리가 사랑해 마지않는 수많은 아티스트들도 분명히 이런 과정을 거쳐 자신만의 스타일을 확립했을 거예요.

오랜 시간 제 곁을 지켜준 빌리 조엘과 그의 음악에 감사의 인사를 전하고 싶었습니다. 저 윤종신이 만들 수 있는 저다운 노래로요. 당신 덕분에 나는 뮤지션이 되었고, 당신 덕분에 나는 음악 활동을 이어올 수 있었다고. 어린 시절 방황하던 나를 음악인의 길로 이끌어주고, 음악에 대한 확신을 잃어갈 때마다 힘이 되어준 게 바로 당신이었다고. 내가 영향을 받은 사람이 당신이어서 참 다행이라고.

고맙습니다, 빌리.

○

Billy

○

나의 턴테이블 위에선

조그만 내 방에선

뉴욕도 아닌 한 변두리 서울

소년 눈감으면 빌리가 되었고

베개는 피아노 되어

Leave a tender moment alone

여전히 내겐 Great song

그 오랜 시간 날 꿈꾸게 했던

스며든 녹아든

그 지난날들이 고마워요 Billy

그 많았던 내 가슴 울리고

흔들던 멜로디 빛났던 My hero

피아노 앞 그대의 커다란 두 눈과

목소리에 끌려 어느덧 여기까지 왔어

Tell her about it with honesty

Romantic 했던 날들

내 사랑들의 배경이었었던

내 차에 울리던 빌리의 멜로디

추억을 도왔어

그 많았던 내 가슴 울리고

흔들던 멜로디 빛났던 My hero

피아노 앞 그대의 커다란 두 눈과

목소리에 끌려 어느덧 여기까지

그 깨닫던 결코 빌리가 될 수 없단 걸

문득 난 그냥 나란 걸 깨닫던

턱없이 모자란 한 뮤지션의

변치 않는 Hero

I love you

Just the way you are

I love you

Just the way you are

◉ [월간 윤종신] 2016년 4월호

잠시
감은 나의
두 눈을

2015년이 저물어갈 때쯤, 저는 그야말로 '너덜너덜'했습니다. '너덜너덜', 이 네 글자보다 그때의 제 상태를 정확히 묘사해주는 말은 없을 것 같아요.

저는 여느 해와 다름없이 가수로서, 프로듀서로서, 작곡가로서, 작사가로서, 그리고 예능인으로서 부지런히 활동했습니다. 제게 주어진 크고 작은 일들을 놓치고 싶지 않아서 눈코 뜰 새 없이 바쁘게 움직였고, 지쳐 쓰러질 만큼 최선을 다했죠. 이대로 나가떨어진다 해도 전혀 이상할 게 없는 활동량이었어요.

하지만 내가 너덜너덜해졌다는 자각은 비단 육체적인 피

로에서 비롯된 건 아니었습니다. 물론 몸이 힘들지 않았다면야 나 자신이 소진되어간다는 느낌은 덜했겠지만, 그렇다고 해서 기분이 나아졌을 것 같지는 않거든요. 제가 그토록 서글프고 괴로웠던 건 사실 몸보다는 마음 때문이었으니까요. 언제나 그렇듯 가장 어려운 건 마음이죠.

무엇이 그토록 내 마음을 괴롭혔던가 돌이켜보면, 그 가운데에는 미스틱89의 부진이 있었습니다. 2015년의 미스틱89는 유독 잘 안 풀렸거든요. 안되는 일도 많고 엎어지는 일도 많고 해결되지 않은 일도 많았죠. 사실 2015년은 미스틱89에 그 어느 때보다도 중요한 해였습니다. 2013년과 2014년 두 해에 걸쳐 제법 승승장구하면서 갑작스러운 주목을 받고 있던 터라 결정적인 한 방이 필요했거든요. 모두가 성공을 점치는 분위기였고, 대박은 아니더라고 중박은 쳐야만 하는 상황이었죠.

하지만 너무 버거운 기대와 무거운 책임에 갇혀 있다보니 정신을 차릴 수가 없었어요. '대표 프로듀서'로서 한 회사의 음악적 방향을 책임지는 일은 내 음악을 만드는 일과는 차원이 다른 어려움이 있더라고요. 하루하루가 갈등과 부대낌의 연속이었죠. 사람들의 평가에 일희일비하기도 했고, 자격지심 때문에 속도 좀 끓였고, 내가 잘되었을 때와 안되었을 때 주변 사람들의 시선이 어떻게 달라지는지도 몸소 체감했어요. 결국 참다못해 놓으면 안 되는 일을 놓아버리기도 했고요.

다행히 세상은 2015년으로 끝나지 않았고, 미스틱89와 저 윤종신은 지금 이 시간에도 함께 고군분투하며 성장하고 있습니다. 드라마틱한 반전이나 거짓말 같은 행운을 기대하지는 않아요. 단지 조금씩 나아질 거라는 믿음을 잃지 않고, 나를 믿어주는 사람들의 진심을 의심하지 않고, 내 열정과 투지를 돌보면서 묵묵히 주어진 길을 걸어가는 것이지요. 그러다보면 때로는 '너덜너덜'해지기도 하겠지만, 뭐, 어쩌겠습니까. 그것이 바로 이 길을 걷는 사람들의 숙명인 것을.

아 참, '너덜너덜' 하니까 생각나는 저에 대한 오해 하나. 제가 탈진할 정도로 힘든 게 매달 발표하는 [월간 윤종신] 때문이라는 시선이 있는데, 그건 사실이 아닙니다. [월간 윤종신]은 이제 작업의 프로세스가 마련되어 있기 때문에 그렇게 힘들지는 않아요. 누구의 눈치도 보지 않고 하고 싶은 음악을 마음껏 할 수 있어서 오히려 저에게는 힘이 되어주죠. 빡빡한 일상을 가로지르는 한줄기 바람 같은 소중하고 감사한 프로젝트입니다. 이 기회에 오해를 풀고 싶어요.

탈진

푹 주저앉아 꿰매고 있어

너덜너덜해진 나의 상처를

어떻든 가야 하지

쉴 수 없는 길 위에 있잖아

힘이 넘쳤던 그때 출발점에서

나를 믿어줬던 따라줬던 눈동자

이제 달라진 걱정과 불안의 눈빛

몰래 한 땀 한 땀 상처를 메꾸네

Tell me tell me

Oh what I have to do

Oh call me call me

Oh when you need me always

좀만 아물면 좀 숨만 돌리면

날 그때처럼 믿어줘

잠시 감은 나의 두 눈을 Tonight

맘과 달랐던 그때 무심코 뱉던

서로 상처줬던 가슴 팠던 말들은

너무 미안해 그저 지친 날 숨기려

한낱 옹졸했던 외로웠었던

Tell me tell me

Oh what I have to do

Oh call me call me

Oh when you need me always

좀만 아물면 좀 숨만 돌리면

날 그때처럼 믿어줘

잠시 감은 나의 두 눈을 Tonight

아픈 척 조퇴를 바랐던 그 어릴 적

들키기 싫은 꾀병처럼 Oh

드러누운 지금 난

더이상 일어나기 싫어

Oh feel me feel me

Oh what I have in me

Oh tell me tell me

날 사랑한다고

좀만 아물면 좀 숨만 돌리면

날 그때처럼 믿어줘

잠시 감은 나의 두 눈을 Tonight

그때처럼 믿어줘

잠시 감은 나의 두 눈을

그때처럼 날 믿어줘

잠시 감은 나의 두 눈을

La La La La La La

믿어줘

◉ [월간 윤종신] 2015년 12월호

건배해도 돼
잘 놀다가
간 건데 뭘

예전보다 죽음에 대한 생각이 많아졌습니다. 좀더 진지하게 내가 언제 어떻게 될지 모른다는 생각을 하게 되었죠. 그리고 그런 생각을 자꾸 반복하다보니 자연스레 저의 장례식을 상상하게 되었습니다.

나이가 들수록 점점 더 형식이라는 게 버겁게 느껴집니다. 오히려 젊었을 때는 잘 모르고 막막하니까 어떤 형식을 원했던 것 같은데, 이제는 이건 이렇다고 미리 정해놓은 모든 것들이 답답하달까요. 그 형식이 나를 규정하고 얽매고 가두는 것만 같은 기분이 들어서 썩 달갑지 않습니다. 되든 안 되든 어떻게든 그것으로부터 벗어나고 싶은 마음이죠.

장례식도 그렇습니다. 장례식에서는 유독 해서는 안 되는 일들이 많잖아요. 화려한 옷을 입어서도 안 되고 건배를 해서도 안 되고 웃고 떠들어서도 안 됩니다. 누가 언제부터 정해놓은 건지 알 수 없는 그런 규율과 지침들이 넘쳐나요. 생각해보면 모두 다 산 사람들의 의식일 뿐인데, 그 의식을 벗어나는 게 마치 고인의 죽음에 누가 된다는 식으로 쓸데없이 엄숙해지잖아요. 그러고 보니 사람들이 장례식장에서 소주나 맥주가 아닌 다른 술을 마시는 걸 본 적이 있나 싶어요. 육개장이나 편육이나 부침개처럼 먹을 수 있는 음식도 정해져 있는 것 같고요.

물론 유족들을 생각하면 장례식은 간소화되고 절차화되는 게 당연할지 모릅니다. 오래전부터 예상된 죽음이 있는가 하면 갑작스러운 죽음도 있을 테니, 장례식 준비라는 게 현실적으로 불가능한 상황도 있을 거예요. 부랴부랴 준비한다고 해도 정해져 있는 것들 이외에 뭔가를 더 한다는 건 무리일 겁니다. 그건 분명히 또다른 짐이 되겠죠.

하지만 그럼에도 저는 이 땅의 장례식이라는 게 하나같이 찍어낸 모양이라는 게 못내 아쉽습니다. 뭐 하나 같은 게 없는 사람들이었을 텐데, 다들 좋아하는 것도 싫어하는 것도 제각각인 사람들이었을 텐데, 그들을 천편일률적인 형식 안에서 기린다는 게 마음에 들지는 않아요. 제가 좀 삐딱한 걸까요?

윤종신의 장례식은 이랬으면 좋겠다는 생각으로 가사를 쓰기 시작했습니다. 일종의 장례식 큐시트라고나 할까요. 특별히 대단한 건 없습니다. 그냥 제 장례식에서는 술을 마음껏 마실 수 있었으면 좋겠어요. 소주나 맥주뿐만 아니라 막걸리도 있었으면 좋겠고, 와인이나 양주도 마실 수 있으면 좋겠습니다. 파티처럼 다들 자기가 마시고 싶은 술을 직접 들고 오면 좋을 것 같아요. 그리고 저를 기억하면서 마음껏 건배해줬으면 좋겠습니다. 저에 대해 섭섭했던 것들, 아쉬웠던 것들, 인상적이었던 것들, 좋았던 것들을 떠올리면서 웃고 떠들었으면 좋겠어요.

이 노래의 제목은 '장례식'이 아닌 '은퇴식'으로 지었습니다. 장례식이 곧 은퇴식이 되었으면 좋겠다는, 그러니까 죽을 때까지 노래를 만들고 싶고, 가기 전날까지도 노래를 만들었으면 좋겠다는 바람을 제목으로 표현한 거죠. 죽음에 대한 생각은 곧 삶에 대한 생각이기도 해서, 막상 죽음을 상상하자니 삶의 태도랄까 방향을 또 고심하게 되더라고요.

노래가 공개되자 주변에서 혹시 무슨 일 있는 거 아니냐는 걱정의 문자와 전화가 쏟아졌는데, 꼭 사랑해야만 사랑 노래를 만들 수 있고 이별해야만 이별 노래를 만들 수 있는 게 아니듯, 꼭 죽음과 가까워야지만 죽음에 대한 노래를 만들 수 있는 건 아니죠. 아마도 제가 진짜 아프거나 죽음의 목전에 있었다면 이런 노래는 쓰지 못했을 겁니다. 그때가 되면 과연 어떤 노래를 쓰게 될지 알 수 없지만, 결코 이런 느낌은 아닐 것 같아요.

〈은퇴식〉은 가장 활발하고 건강하고 왕성하게 활동하는 지금, 주위에 응원해주는 사람도 지켜봐주는 사람도 가장 많은 지금이라서 쓸 수 있는 노래가 아닐까 싶습니다. 그동안 제 노래를 관심 있게 들어주신 분들은, 이 노래가 제가 쓴 어떤 곡보다 삶의 의지로 가득차 있다는 걸 눈치채셨을 거예요. 죽기 전까지 은퇴하고 싶지 않다는 제 진실한 마음을 꼭 읽어주시길.

○

은퇴식

○

내가 모든 걸 그만두는 날
이 노래를 틀거나 불러줘
아마도 내가 부르긴 힘들 거야
아마도 아마도

정치가 기타를 쳐줬으면 해
하림이는 하모니카를
니네 둘은 나보다 더 오래하란 얘기야
내 눈에 눈물나지 않게

내게 섭섭했던 사람들
날 용서하고 좋은 일만 떠올려줘
이렇게 미리 이 노래를 만드는 건
언제 어떻게 떠나게 될지 모르기 때문이야
알고 만들면 못 만들 것만 같아서

참 이기적인 노래 이 노래

나만을 위한 노래니까
관객도 친구도 가족도 아닌
나 오직 나만을 위한 노래

꼭 소주 맥주만 마시지 마
와인도 위스키도 막걸리도
건배해도 돼 잘 놀다가 간 건데 뭘
이게 다야 내 사랑하는 사람들아 안녕
다 잘될 거야 먼저 떠나서 미안해
먼저 가 있을게 천천히 천천히 와

◉ [월간 윤종신] 2018년 2월호

에필로그

저는 보기와는 다르게 인터뷰를 어려워합니다. 질문을 받고 그에 대한 대답을 내놓을 때마다 내가 정말 이렇게 생각하나 싶은 의문이 들거든요. 일단 대답은 해야 하니 뭐라도 말하게 되고, 그 뭐라도가 이왕이면 헛소리는 아니었으면 좋겠다는 생각에 자꾸 정리하게 되는데, 사실 저는 생각을 일목요연하게 정리하는 사람이 아닐뿐더러 어떻게 정리를 하더라도 금세 변하는 사람입니다.

　그래서 제 말이 활자화되는 것도 부담스러운 게 사실입니다. 한번 활자화되면 오랜 시간이 지나도 남기 때문에 그게 제 의지와는 상관없이 또다른 저를 만드는 것 같거든요.

나는 이미 그때의 윤종신이 아닌데, 나는 그때 그런 말을 했던 윤종신과는 진작 멀어졌는데, 내가 규정한 과거의 나로 인해 현재의 내가 발목을 잡히는 기분이랄까요. 그때는 그랬는데 이제는 안 그렇습니다, 하고 부언하는 것도 참 곤혹스러운 일이고요.

이 책을 준비하면서도 비슷한 고민을 했어요. 내가 한 편의 글을 완성하려고 너무 무리해 정리하는 건 아닌지, 보기 좋으려고 나를 섣불리 규정하는 건 아닌지, 당장 몇 달 뒤에, 아니, 며칠 뒤에 180도 바뀔지도 모를 생각을 확신하는 건 아닌지, 그게 실제 내 생각이 아닌데도 자꾸 포장하고 있는 건 아닌지……

아마도 저는 이 책 안에서 그 모든 실수를 했을 겁니다. 어떤 부분에서는 실제의 저보다 훨씬 더 근사해 보였을 거고, 또 어떤 부분에서는 실제의 저보다 훨씬 못나 보였을 거예요. 저도 모르게 겸손했을 거고 저도 모르게 오만했을 겁니다. 예리한 분들은 제 안에 있는, 어쩌면 저도 인지하지 못한 모순을 포착하셨을 수도 있겠죠.

이 책은 다행히도 윤종신이라는 사람의 결론은 아닙니다. 끝은 아직 보이지도 않고 짐작할 수도 없는 중간 지점에 가깝죠. 지금까지의 윤종신은 이런 음악을 만들어왔고 이런 생각을 해왔다는 '중간보고'가 아닐까 싶습니다.

이 책을 읽어주신 분들이 '아, 윤종신은 이런 사람이구나' 하고 정리해주시기보다는 '아, 윤종신은 앞으로 이렇게 변하겠구나' 하고 추측해주시면 좋을 것 같습니다. 활자로 담아내지 못한, 활자의 틈으로만 감지되는 앞으로의 변화를 살펴봐주시면 좋겠습니다. 이십대, 삼십대, 사십대의 윤종신이 어떻게 변해왔는지 지켜봐주셨던 것처럼 오십대, 육십대, 칠십대의 윤종신은 또 어떻게 변해갈지 지켜봐주셨으면 좋겠습니다.

윤종신의 다음 행보를 기대해주셨으면 좋겠습니다.

2018년 여름

윤종신

계절은 너에게 배웠어
ⓒ 윤종신 2018

1판 1쇄 2018년 8월 23일
1판 2쇄 2018년 8월 27일

지은이 윤종신
펴낸이 염현숙
정리 〔월간 윤종신〕 편집팀
기획·책임편집 강윤정
편집 김봉곤 김영수
디자인 이효진 | 마케팅 정민호 박보람 나해진 우상욱
홍보 김희숙 김상만 이천희
제작 강신은 김동욱 임현식 | 제작처 한영문화사

펴낸곳 (주)문학동네
출판등록 1993년 10월 22일 제406-2003-000045호
주소 10881 경기도 파주시 회동길 210
전자우편 editor@munhak.com | 대표전화 031) 955-8888 | 팩스 031) 955-8855
문의전화 031) 955-8895(마케팅) 031) 955-2678(편집)
문학동네카페 http://cafe.naver.com/mhdn | 트위터 @munhakdongne
북클럽문학동네 http://bookclubmunhak.com

ISBN 978-89-546-5277-3 03810

www.munhak.com